주석으로 쉽게 읽는
고정욱 그리스 로마 신화 5

주석으로 쉽게 읽는

고정욱
그리스
로마 신화

5

이아손과 황금 양털

고정욱 지음

애플북스

Greek and Roman Mythology

차
례

1

샌들 한 짝의 사나이

크레테우스는 이올코스의 왕이다. 그에게는 아이손이라는 아들이 하나 있었다. 크레테우스 왕의 유일한 후계자였다. 당연히 아버지인 크레테우스가 죽으면 그가 왕이 되어야 했다. 그런데 그 자리를 차지한 것은 아이손의 이부형제 펠리아스였다. 서자의 자리에서 왕위를 차지할 정도로 펠리아스의 교활함과 정치적인 권모술수는 뛰어났다. 그는 위세를 얻기 위해 자신은 포세이돈의 아들로 아이손보다 위대하다고 떠들어댔다. 아쉬움 없이 자란 아이손은 성품이 온화해서 그런지 왕위를 두고 그런 동생과 싸우고 싶은 마음이 전혀 없었다.

"동생아, 왕좌에는 네가 앉거라. 나는 조용히 살고 싶다."

펠리아스*는 자연스럽게 이올코스를 지배하게 되었다. 그런데 그가 두려워하는 것이 하나 있었다. 모든 사람의 추대를 받아 왕위를 얻은 게 아니다 보니 형인 아이손이 아들을 낳을까 봐 걱정이었다. 그 왕자를 추종하는 세력이 생길 게 불 보듯 뻔했다. 아이손의 아들이 성장해서 힘을 갖게 되면 숙부인 자신에게 왕위를 내놓으라고 위협할까 봐 불안했다.

"형이 아들을 낳으면 그 녀석이 자라기 전에 처치해야겠다."

몇몇 심복들에게만 이야기했는데도 그 말은 고스란히 아이손의 귀에 들어갔다.

'아, 새 생명이 태어나는 것은 분명 기쁜 일이지만, 내가 아들을 낳으면 큰일이겠구나.'

아이손은 아들을 낳으면 이부형제에게 죽임을 당할까 봐 걱정했다. 아이러니하게도 운명은 그의 걱정을 현실로 만들었다. 아내가 아기를 낳았는데 잘생긴 아들이었던 것이다. 오래도록 자신에게 아들이 생길까 봐 두려워했던 아이손은 전전긍긍하며 아내와 대화를 나누었다.

"우리가 아들을 낳았다는 소식을 들으면 당장 펠리아스가 찾아와 아들을 내놓으라고 할 텐데 이 일을 어쩌면 좋겠소?"

사랑하는 아들에게 젖을 먹이던 아내도 눈물을 흘렸다. 그런데 아이손의 아내는 지혜로운 여자였다.

"아기가 죽는 것보다는 그래도 이 세상 어딘가에 살아 있는 게 낫지 않겠어요?"

"그건 그렇지요."

"가슴 아프지만, 어른이 될 때까지 아이를 남에게 맡깁시다."

"이올코스 사람들은 모두 펠리아스의 손안에 있는 것이나 마찬가지인데, 누가 우리 아이를 맡아서 키워준단 말이오? 분명히 펠리아스에게 가서 일러바칠 거요."

"사람이 아닌 자에게 맡기면 되지요."

"사람이 아닌 자? 그게 무슨 말이오?"

"펠리온산으로 가서 지혜로운 케이론에게 우리 아이를 맡아달라고 부탁하세요."

케이론은 켄타우로스였다. 하체는 말이고 상체는 사람인 켄타우로스 케이론은 지혜롭기로 유명했다.

"그거 좋은 생각이오."

아이손은 사람들에게 소문나지 않도록 조심스럽게 갓난아기를 100일 넘게 키우다 몰래 산으로 데려가 케이론에게 맡겼다.

"지혜롭기로 유명한 케이론이여, 부디 불쌍한 우리 아이를 맡아서 키워주시오."

"이 아이의 이름은 무엇입니까?"

"아이 이름은 이아손이오."

"알겠습니다."

여기서 잠깐!!

펠리아스는 아버지가 둘이라는 이야기도 있어. 인간인 크레테우스와 신 포세이돈이 그의 아버지라는 거야. 펠리아스에게는 또한 쌍둥이 형제 넬레우스가 있었어. 아이손은 그의 이부형제였지. 그의 어머니 티로는 신에게서 아들을 얻은 사실을 숨기려고 쌍둥이 아들 둘을 길가에 몰래 내다 버렸는데 그중 한 아이가 지나가던 말에게 채여서 얼굴에 퍼렇게 멍이 들었어. 뒤늦게 그 사실을 안 말 주인이 두 아이를 거둬 키웠지. 말 주인은 멍이 든 아이에게 '푸른 상처'라는 뜻의 펠리아스라는 이름을 붙이고 다른 아이는 넬레우스라고 불렀어. 또 다른 이야기에 따르면, 암말이 쌍둥이에게 젖을 먹여 길렀다고 해. 펠리아스에 대한 다양한 이야기가 존재하는 것은 그만큼 사람들의 관심을 끌었다는 증거라고 할 수 있어.

"하나만 부탁드리겠소. 이 아이의 출신에 대해 누구에게도 말하지 말아주시오. 내 동생 펠리아스가 내 아들을 죽이는 꼴을 보느니 차라리 자식이 없다고 생각하고 살겠소."

지혜로운 케이론은 말했다.

"아이가 어렸을 때는 그런 일이 가능합니다. 늑대가 길러도 늑대를 부모라 생각하기 때문이지요. 하지만 아이가 자라나면서 점점 자신의 존재에 대해 생각하다 보면 부모가 누구인지 궁금해하는 건 당연한 과정입니다."

"하지만 내 아들이라는 것이 알려지면 이 아이는 죽을 수도 있소. 그걸 걱정하는 거요."

"그것은 걱정하지 마십시오. 펠리아스가 두려워할 정도로, 자기를 지킬 정도로 자라면 그때 알려주겠습니다. 그때쯤 되면 이 아이는 영웅이 될 겁니다. 내가 이 아이를 영웅으로 키울 테니 걱정하지 마십시오."

아이손은 아들이 무사히 자랄 수 있다는 것만으로 만족해 모든 것을 케이론에게 맡겼다.

"당신에게 모든 것을 맡기겠습니다. 그저 우리 아이를 맡아줘서 고마울 따름이오."

케이론은 강보에 싸인 아이를 안고 숲속 동굴로 사라졌다. 케이론은 이아손이 아장아장 걷기 시작할 때부터 갖은 정성을 기울여 가르쳤다.

"이아손, 너는 역사 이래 가장 완벽한 인물이 되어야 한다."

케이론은 이아손을 문무를 겸비한 영웅으로 키우겠다고 결심했다. 활과 창과 방패 쓰는 법은 물론이고 전술과 검술뿐만 아니라 철학에 이르기까지 모든 것을 가르쳤다. 사냥 기술을 가르친 것은 물론이다.★ 이아손은 케이론의 가르침을 받으며 하루가 다르게 성장했다. 하루는 이아손이 그 일대를 공포에 몰아넣은 표범을 잡아 가죽을 벗겨 어깨에 둘러메고 왔다.

"훌륭하구나, 이아손. 너는 분명히 모든 이들이 우러러 보는 영웅이 될 것이다."

이아손은 케이론의 가르침을 받아 낮에는 열심히 운동해서 근육을 기르고 신체를 단련했으며, 밤에는 동굴에 앉아 인간의 역사와 신들의 이야기를 배웠다. 그러면서 세상이 어떻게 만들어졌는지, 신들은 세상을 어떻게 통치하는지 알게 되었다. 뿐만 아니라 사람들 사이에서 살아가면서 필요한 처세술과 권모술수까지 모두 터득했다.

어느덧 이아손은 스무 살이 되었다. 이아손은 무릎을 꿇고 케이론에게 물었다.

"스승님, 한 가지 궁금한 게 있습니다."

"무엇이냐?"

케이론은 무엇이든 알려주겠다며 물었다.

"스승님이 제 부모님이 아니라는 것은 저도 잘 알고 있습니다."

여기서 잠깐!!

《그리스 로마 신화》에서 켄타우로스 케이론은 고난에 빠진 영웅들이 거듭나도록 도와주는 스승이나 은인 같은 존재로 등장해. 그의 제자 중에는 아킬레우스, 헤라클레스, 이아손, 아스클레피오스 같은 영웅들은 물론 아폴론도 있을 정도이니 그의 능력이 얼마나 무궁무진한지 짐작할 수 있을 거야. 동양 문학 작품에도 이런 존재들은 자주 등장하지. 죽을 위기에 놓인 영웅 앞에 나타나 비기를 전해주거나 신비한 영약을 주었다는 이야기를 쉽게 떠올릴 수 있을 거야. 이건 아마도 위기에 빠졌을 때 누군가의 도움을 받고 싶다는 사람들의 생각이 반영된 게 아닐까.

그 순간, 케이론은 모든 것을 짐작했다. 그는 고개를 끄덕였다.

"네 부모가 누군지 궁금한 것이로구나."

"맞습니다."

"그렇구나. 왜 진작 내게 묻지 않았느냐?"

"스승님께서 먼저 말씀해주지 않으시는 것을 보며 뭔가 사연이 있으리라 짐작했습니다. 그래서 성인이 되어 제 삶을 책임질 수 있을 때 여쭤보겠다고 결심했습니다."

"과연 나의 제자답구나. 나를 따라오거라."

케이론은 이아손을 데리고 펠리온산 꼭대기로 올라갔다. 산꼭대기에 올라가자 저 멀리 바다에서부터 인근에 있는 도시국가까지 한눈에 들어왔다. 그중에는 이올코스도 있었다.

"저곳이 바로 이올코스다. 네 부모님이 살고 있는 곳이지. 네가 누구인지 말해주지 못했던 이유는 바로 너를 지키기 위해서였다."

"저를 지키기 위해서라고요?"

"그렇다. 자신이 누구인지 아는 순간 너는 바로 위험에 빠질 것이기 때문이다. 이올코스를 통치하는 자는 펠리아스로 네 작은아버지다. 네 친아버지는 그의 형이자 그리스 민족의 시조인 헬렌의 아들 아이올로스의 자손으로 이름은 아이손이라고 한다. 네 아버지 아이손은 이올코스의 건국자 크레테우스의 아들이다."

그 말을 듣자 이아손은 가슴이 뛰는 것을 느꼈다. 케이론은 자신이 이아손을 맡아 기르게 된 사연까지 이야기해주었다.

"네 아버지는 동생 펠리아스를 왕으로 인정한 뒤 변두리에서 숨죽이고 그저 평범한 삶을 살아가고 있었다."

"제가 왕자 신분이란 말입니까?"

"그렇다. 형에게서 아들이 태어나 자기 자리를 빼앗을까 봐 펠리아스는 내내 전전긍긍했지. 그런데 네가 태어났다. 네 아버지는 포악한 펠리아스가 너를 해칠까 봐 염려한 나머지 너를 내게 맡긴 것이다."

그 말을 듣자 이아손은 피가 끓는 것 같았다. 이아손은 자리를 박차고 일어났다.

"그렇다면 이올코스는 제 나라가 아닙니까?"

"맞다. 이올코스는 원래 사랑이 넘치는 나라였다. 그런데 폭군 펠리아스 때문에 지금은 황폐해졌으며, 사람들이 서로 의심하고 밀고하고 죄악이 판치는 곳이 되었다. 너는 저 왕좌의 진정한 주인이다. 너에게는 잘못된 것을 바로잡을 의무가 있다."

"당장 가서 그자를 벌하겠습니다."

"진정해라."

그러면서 케이론은 펠리아스에 대해 설명해주었다. 펠리아스는 잔인하고 교활하며 권모술수에 능한 자였다. 아직 어리고 미숙한 이아손이 이겨내기 힘들 수밖에 없었다. 이아손이 나라를 되찾으려면 힘은 물론이고 기지와 지혜가 있어야 하고, 많은 사람들의 도움을 받아야 했다. 이 모든 사실을 설명하자 이아손은 고개를 끄덕였다.

"스승님의 말씀이 옳습니다. 그럼 이제 어찌해야 할까요?"

"나는 너에게 내가 아는 모든 것을 가르쳐주었다. 그리고 네가 갈 곳은 정해져 있다. 바로 저 이올코스지. 너는 앞으로 힘들고 어려운 일을 수없이 겪을 것이다. 그렇더라도 명예를 더럽히지는 말아라. 너는 그 누구보다 정의로운 자가 되어야 한다. 가서 정직하게, 또한 왕자답게 너의 삶을 살기 바란다. 그러면 사람들은 자연스레 너를 추종할 것이다. 네가 멋지게 성장하고 있다는 소식을 듣는다면 더없이 기쁘겠구나."

"명심하겠습니다."

이아손은 길 떠날 채비를 했다. 짐을 싸고 단단하게 챙겨 입은 뒤 스승에게 예를 갖춰 인사하고 산을 내려갔다. 산을 거의 다 내려오자 강이 나타났다. 산 밑에 흐르는 강답게 물살이 무척 거셌다. 어디로 건널까 둘러보다가 가장 물살이 약하고 거리가 짧은 곳으로 들어서려는데, 누군가 뒤에서 불렀다.

"젊은이! 나 좀 도와주게. 나도 강을 건너야 된다네."

고개를 돌려 돌아보니 한 노파가 도움을 청하는 것 아닌가. 허리가 구부러진 채 누더기를 걸친 초라한 노파는 지금 당장 죽어도 이상하지 않을 것처럼 보였다. 얼굴에선 진물이 질질 흘렀는데 역겹다기보다는 측은하다는 생각이 들었다.

"제가 어떻게 도와드릴까요?"

"고맙네, 젊은이. 이곳에 수많은 사람들이 지나갔지만 내 말을 들은 척도 하지 않더군. 아무도 나를 도와주지 않았다네."

"걱정하지 마세요, 할머니. 제가 업어서 건네드리지요."

이아손은 노파를 업은 채 강물에 발을 디뎠다. 물살이 너무 거세서 조심해야만 했다. 등에 업힌 노파 때문에 무게중심을 잡기가 어려웠다. 거센 강물에 비틀거리는 순간, 한쪽 발이 들리며 신발이 벗겨졌다. 가까스로 강을 건넌 이아손은 노파를 내려놓은 뒤 말했다.

"할머니, 강을 건넜으니 목적지까지 조심해서 가세요. 저는 강물에 떠내려간 제 신발을 찾으러 가보겠습니다."

강물을 따라 한참 내려가며 바위에라도 걸려 있나 살펴봤지만 신발은 찾을 수 없었다. 마침내 포기하고 돌아왔는데, 그때까지 노파가 기다리고 있었다.

"할머니, 아직 여기 계셨네요. 신발을 찾을 수 없더라고요. 저는 이만 가보겠습니다. 할머니도 조심해서 가세요."

"젊은이, 너에게 축복을 내리겠다."

뒤돌아서던 이아손은 노파의 목소리가 변했다는 생각이 들었다. 아까는 늙고 힘없는 노인의 목소리였는데 갑자기 성스러운 메아리처럼 들렸기 때문이다. 고개를 돌리자 노파의 모습은 사라지고 거룩한 헤라 여신의 모습이 보였다.* 이아손이 무릎을 꿇은 채 공손히 고개를 숙이고 있자 헤라가 말했다.

"이아손은 고개를 들어라. 너는 초라한 노파로 변한 나를 기꺼이 도와주었지. 나 역시 너를 도와주겠다. 너의 앞길에 내가 항상 함께할 테니 용기를 내서 네 갈 길을 가거라. 길가의 노파를 무시하지 않고 등을 빌려준 젊은이, 내 너를 축복한다."

헤라가 축복해주는 말을 들으며 이아손은 감격해서 고개를 들었다.

그러나 헤라는 이미 사라지고 없었다. 헤라의 축복을 받은 데 용기백배한 이아손은 목표를 향해 힘차게 나아가 마침내 이올코스에 도착했다.

한편, 이아손이 장성하기까지 펠리아스는 아무 생각 없이 그냥 있지 않았다. 누군가 왕좌를 빼앗으려 들지 모른다는 불안함에 그는 자주 델포이 신전에 가서 신탁을 듣곤 했다. 하지만 그동안에는 어떠한 신탁도 듣지 못했다. 사제는 그에게 항상 말했다.

"그대의 왕좌는 건재하다. 걱정하지 마라."

그러나 그날은 달랐다. 펠리아스는 여느 때처럼 델포이 신전에서 제사를 올리고 기도를 했다.

"혹시라도 나의 왕좌를 위협할 자가 있겠습니까?"

그때 사제가 신탁을 전했다.

"신발 한 짝만 신은 자가 너의 왕위를 뺏기 위해 다가오고 있다."

그 말을 듣자 펠리아스는 등골에 식은땀이 흘렀다. 그 자리에서 신전을 뛰쳐나온 그는 마차를 몰고 이올코스로 들어오는 길목에 서서

여기서 잠깐!!

이아손이 헤라를 만나 축복받은 것은 일종의 성인식이나 다름없어. 통과의례라고도 하지. 어른이 되려면 그에 걸맞은 자격을 가져야 하는데, 헤라 여신은 그것을 시험한 거야. 노파로 변한 헤라 여신을 업고 강을 건너는데 점점 무거워져 나중에는 바윗돌처럼 느껴졌지만 이아손이 끝까지 내던지지 않고 버렸기에 축복을 받았다는 이야기도 있어.

지나가는 사람들을 살피기 시작했다. 사람들은 모두 그에게 예를 갖췄다. 하지만 펠리아스는 인사를 받는 둥 마는 둥 하며 그들의 얼굴을 보지 않고 발만 바라봤다. 신발을 한 짝만 신은 자를 찾기 위해서였다.★

그때 저 멀리서 청년이 하나 걸어왔다. 어깨에는 커다란 표범 가죽을 걸치고 신기하다는 듯 여기저기 기웃거리는 청년은 당당한 자세와 남자다운 외모로 사람들이 눈길을 끌었다.

이아손은 사람들에게 물었다.

"혹시 아이손이라는 분이 어디 사시는지 아십니까?"

사람들은 그런 청년을 보고 궁금해서 물었다.

"아이손은 왜 찾는가?"

"저는 이곳 이올코스 출신입니다. 어려서 집을 떠났다가 지금 돌아오는 길인데 부모님을 한 번도 뵌 적 없습니다. 아이손, 그분이 제 아버지이십니다."

"그게 사실인가? 왕의 형인 아이손에게 아들이 있었단 말인가?"

"그런 이야기는 듣지 못했는데……."

"그러게. 나도 들은 바가 없어."

사람들이 모여서 웅성대고 있는데, 큰 소리를 내며 전차가 다가왔다. 펠리아스가 고삐를 붙잡고 있는 왕의 전차였다. 사람들은 모두 물러나 예를 갖췄다. 펠리아스는 신발을 한 짝만 신고 있는 이아손을 바라보았다. 젊고 잘생겼을 뿐만 아니라 온몸에 근육이 고르게 발달해 있었다. 몸에 걸친 표범 가죽은 그가 직접 잡아서 벗긴 것 같은데, 범상치 않은 크기가 그의 힘을 보여주는 듯했다. 펠리아스는 두려웠다.

'저 녀석이 내 왕국을 빼앗을 거란 말이지?'

하지만 그는 왕이었다. 사람들이 보고 있는데 흥분하는 모습을 보일 순 없었다.

"그대는 누구인가? 나는 이올코스의 왕, 펠리아스다."

이아손은 이미 모든 사실을 알고 있었다. 저자가 바로 아버지를 위협해서 자신의 왕좌를 차지한 숙부라는 것을. 하지만 기죽은 모습을 보일 순 없었다. 비밀을 알고 있다는 티도 낼 수 없었다.

"내 이름은 이아손입니다. 펠리온산에서 내려왔습니다. 그곳에서 나의 스승인 케이론에게 두려워하지 말고 항상 정의롭게 행동하라는 가르침을 받았지요. 스승님은 또한 나의 아버지가 아이손이라고 말씀해주셨습니다."

그 말을 듣는 순간, 사람들은 모두 당황했다. 아이손이 정통성 있는 왕의 혈통이라는 사실을 모르는 사람이 없었기 때문이다. 사회생활을 해본 적 없어 미숙한 이아손은 해서는 안 될 말까지 마구 해댔다.

"나는 정통성을 갖춘 이올코스 왕좌의 후계자입니다. 내가 태어나자 위험으로부터 지

여기서 잠깐!!

신발 한 짝만 신고 다니는 영웅의 이야기는 동서양 모두에서 찾아볼 수 있어. 달마대사는 중국 소림사에서 도를 닦다가 돌아가셨는데, 3년 뒤 인도 월찌국에서 달마대사를 보았다는 소문이 돌았어. 달마대사가 신발 한 짝만 신고 동쪽의 고향으로 가겠다고 했다는 거야. 그래서 달마대사의 무덤을 파보니 신발 한 짝만 남아 있고 시신은 흔적도 없이 사라졌더래. 달마대사가 신발 한 짝만 신고 고향으로 돌아간 거지. 이밖에 신데렐라는 유리구두 한 짝을 잃어버렸고, 우리나라 이야기 속 콩쥐도 신발 한 짝을 잃어버렸어. 바로 이 신발 한 짝이 배필을 찾는 유일한 단서가 되었지. 신발은 이렇게 원하는 곳으로 간다는 본능에 충실한 상징성을 가지고 있어.

키기 위해 아버지가 나를 숨기셨는데, 이제 성인이 되어 아버지를 만나러 돌아왔습니다. 이 왕국을 누가 차지하느냐 하는 복잡한 문제는 공명정대하게 해결되어야 합니다. 어쨌든 당신과 나는 피가 섞인 관계 아닙니까?"

펠리아스는 사람들이 많은 곳에서 이런 말을 듣는 게 결코 유쾌하지 않았다.

"어린 녀석이 무엄하구나. 네놈이 어찌 아이손을 안단 말이냐?"

말은 호기롭게 했지만 펠리아스는 두려웠다. 강력한 도전자가 나타났기 때문이다. 그런데 권력을 쥐고 있는 자는 자신의 권력을 지키기 위해 남들보다 몇 배나 노력해서 그 방면으로 머리가 발달하는 법이다. 펠리아스는 어떻게 해야 자신의 권위를 지키고 왕좌를 계속 차지할 수 있을지 계속 고민했다. 다행인 것은 이아손이 새파란 젊은이인 데다 사회 경험이 전혀 없다는 점이었다.

'저 녀석은 젊은 풋내기에 불과해. 저렇게 흥분하는 것을 보니 다혈질이로군. 지략이라든가 꾀는 전혀 없을 것 같아.'

거기까지 생각이 미치자 펠리아스는 음흉하게 미소를 지었다.

"네가 진짜 아이손의 아들이라면 나에게는 조카뻘 되지 않느냐?"

그는 부드럽게 말했다.

"그렇습니다. 따지고 보면 그렇지요."

"그렇다면 정말 반가운 일이지. 나는 난생처음 조카를 만났고 너는 숙부를 만난 셈 아니냐. 게다가 나는 이제 왕좌에 그다지 큰 관심이 없다. 적당한 사람이 나타나면 물려줄 생각을 하고 있던 차에 이렇게 잘

자란 조카가 나타났으니 이 어찌 기쁜 일이 아니겠느냐?"

이아손은 상황이 급변하자 당황스러웠다. 펠리아스는 조금 전까지만 해도 경계하는 모습이 역력했기 때문이다.

"너는 언제든지 나에게서 왕좌를 받아갈 자격이 있다. 하지만 왕의 자리는 수많은 사람들과 드넓은 영토를 지켜야 하기에 피곤하고 고단하단다. 그래서 아무에게나 넘길 수 있는 게 아니지. 혈연이라고 해서 덥석 넘겼다가 저 많은 사람들이 도탄에 빠질 수도 있지 않느냐."

"그건 맞는 이야기 같습니다."

"그래서 자격이 있는 자만이 왕이 될 수 있는 것이다."

"무슨 자격 말씀이십니까?"

"그건 천천히 생각해보기로 하고, 일단 부모님부터 만나고 오거라. 나는 왕궁으로 돌아가 기다리겠다. 언제든 네가 오면 반갑게 맞아주마. 여봐라, 내 조카를 형님의 집으로 안내해줘라."

일단 시간을 벌어놓은 뒤 펠리아스는 전차를 끌고 궁전으로 돌아갔다. 그 모습을 지켜본 사람들은 모두 너그러운 펠리아스의 태도에 박수를 쳐주었지만 그는 신경 쓸 겨를이 없었다. 이 사태를 해결하기 위해 머리가 바쁘게 돌아가고 있었기 때문이다.

"아버지, 제가 왔습니다."

이아손은 물어물어 아이손의 집에 도착했다. 자다가 일어난 아이손은 깜짝 놀랐다. 생각지도 않던 아들이 불쑥 나타났기 때문이다. 잠시 후 소문을 들은 사람들이 몰려와 축하해주었다.

"이렇게 기쁜 일이 있는가?"

"자네에게 이렇게 장성한 아들이 있었다고?"

자초지종을 들은 뒤, 사람들은 모두 자기 일처럼 기뻐해주었다.

"잔치를 벌여 축하해야겠군."

"이제 우리나라에도 변화가 생길 거야."

각자 집에서 먹을 것들을 가지고 와 탁자 위에 올려놓자 푸짐한 잔칫상이 차려졌다. 모두들 잔혹한 왕 펠리아스에게 신물이 나 있던 참이었다. 뜻이 없는 아이손을 붙잡고 왕좌를 되찾으라고 권유했지만 끝끝내 거절하자 다들 포기하고 있었는데, 갑작스럽게 나타난 젊고 패기 있는 청년 이아손을 보며 사람들은 은근히 기대를 갖게 되었다. 사람들은 잔치 음식을 먹으면서 어떻게 하면 이올코스의 왕좌를 되찾을 수 있을지 수군거렸다. 한 사람 두 사람 속삭임이 이어지다 모든 사람들이 그 이야기만 하게 되었다. 사람들이 온통 왕좌를 되찾는 이야기만 하자 이아손이 말했다.

"저는 숙부님과 싸우고 싶지 않습니다. 가능하면 평화적으로 왕좌를 돌려받고 싶습니다."

이아손은 왕좌에 관심 없다는 말은 하지 않았다. 그는 당당하게 자신의 권리를 찾고 싶었다.

"자네가 궁전에 간다면 펠리아스는 말도 안 되는 어마어마한 조건을 내세울 거네. 헤라클레스에게 열두 가지 과업이 주어졌던 것처럼 말이야."

"맞아, 이아손. 궁전에 들어가자마자 문 뒤에 숨어 있던 무사가 자네의 목을 칠지도 몰라.★ 위험하니 절대 혼자 가면 안 되네."

모든 이야기가 다 그럴싸하게 들렸다.

닷새 동안이나 계속된 잔치가 끝난 뒤 이아손은 자신의 권리를 되찾기 위해 궁전으로 발걸음을 옮겼다. 그의 주변에는 뜻을 함께하는 영웅들이 구름처럼 모여들었다. 펠리아스의 혹독한 정치에 염증을 느끼고 있던 사람들이 새로운 영웅이 나타나자 힘을 실어주기 위해 몰려든 것이다. 사람들이 궁전으로 몰려오는 것을 보자 펠리아스는 재빨리 명령을 내렸다.

"문 뒤에 숨어 있는 무사들은 모두 제자리로 돌아가라."

사람들이 예측한 대로 펠리아스는 궁전 문 뒤에 날카로운 칼을 든 무사들을 숨겨놓았지만 이아손이 수많은 영웅들과 함께 오는 바람에 이 계획은 수포로 돌아갔다. 이아손의 당당한 모습을 보며 펠리아스는 위축되지 않으려 애쓰며 말했다.

"수많은 영웅들이 너를 따르고 있구나. 좋다. 모든 진실을 이야기해주마."

"듣겠습니다. 말씀하시지요."

"사실 나는 신탁을 받았다. 신발을 한 짝만 신고 오는 자에게 왕좌를 빼앗길 것이란 내용

여기서 잠깐!!

중요한 모임 자리에 목을 베는 전문가인 도부수를 숨겨놓았다가 적이 방심했을 때 죽여버리는 것은 역사적으로 흔히 찾아볼 수 있는 일이야. 《삼국지》에서도 이런 이야기를 볼 수 있어. 어찌 보면 비겁하다고 생각할 수도 있지만 사실 정치와 권력은 목적을 위해 수단과 방법을 가리지 않는 행위야. 그래서 상대가 방심했을 때 이런 방법을 얼마든지 쓸 수 있는 거지.

이었지."

"그건 바로 제 이야기 아닙니까? 강을 건너지 못하는 할머니를 도와드리다가 신발 한 짝을 잃어버렸거든요."

이아손은 영리하게도 그 노파가 헤라 여신이었다는 이야기는 꺼내지 않았다.

"어쨌든 20년 넘게 통치하던 왕국을 순순히 넘겨주는 게 말처럼 쉬운 일 같으냐? 네 생각을 듣고 싶구나."

케이론에게 배운 방대한 지식을 바탕으로 이아손은 논리적으로 자신의 생각을 펼쳐 나갔다.

"숙부님의 입장은 이해합니다. 하지만 한 나라를 이끄는 왕의 자리는 그 누구보다 뛰어난 자가 맡아야 하는 법입니다. 그 뛰어남이 자신이 아니라 자신이 이끄는 백성들과 국가를 위해 쓰일 때 비로소 왕의 자격이 있는 것이지요."

"맞는 말이다. 그렇다면 너는 이올코스를 위해 어떤 희생을 하고 어떤 일을 하겠다는 것이냐?"

순간 이아손은 스승이 말해준 옛이야기를 떠올리고 크게 외쳤다.

"이올코스가 지금 이렇게 살기 힘들어진 것은 모두 오래전에 사라진 황금 양털 때문입니다."

순간, 사람들은 서로를 바라보며 웅성댔다. 이아손의 이야기는 계속됐다.

"다들 황금 양털을 되찾는 건 불가능한 일이라고들 이야기합니다. 그 불가능한 일을 해냄으로써 제게 왕의 자격이 있다는 것을 보여주겠습니다."

그 말을 들은 펠리아스의 얼굴에 화색이 돌았다. 자신이 시키지도 않았는데 이아손이 스스로 어려운, 아니 말도 안 되는 일을 해내겠다고 나섰기 때문이다.

"그거 좋은 이야기다. 네가 황금 양털을 되찾아 온다면 이 나라를 기꺼이 내주겠다. 여기 있는 모든 사람들이 우리가 한 약속의 증인이 되어줄 것이다. 이아손이 이 일을 해내는 그날, 성대한 이양식을 보게 될 것이다. 다만 황금 양털을 찾으러 갔다가 목숨을 잃더라도 나를 원망해서는 안 된다."

이아손과 펠리아스 사이에는 계약이 맺어졌다.

도대체 황금 양털이 무엇이길래 이렇게 엄청난 내기의 소재가 된 것일까?

2

황금 양털을 찾아서

세상에는 신도 있고 인간도 있지만 둘 사이를 이어주는 존재인 요정도 있다. 요정들은 인간계와 천상계를 자유롭게 넘나들었다. 어느 날, 구름 위에 요정 하나가 앉아 있었다. 그녀의 이름은 네펠레.★ 아름다운 네펠레는 구름 아래 인간 세상을 찬찬히 살펴봤다. 아름다운 강과 산, 그리고 농토와 사람들의 모습을 보며 그녀는 경탄했다.

'아, 인간들은 참으로 부지런하게, 또한 아름답게 살고 있구나.'

그녀는 호숫가에 있는 오르코메노스를 특별히 눈여겨 살펴보았다. 높은 곳에 궁전이 있는데, 그 모습이 얼마나 아름다운지 누구나 한번 가보고 싶어질 정도로 화려하고 웅장했다. 네펠레는 구름을 타고 궁전

가까이 다가갔다. 궁전에서 가장 높은 곳에 솟아 있는 첨탑 주위를 몇 바퀴 돌다가 호기심을 이기지 못하고 발코니에 살짝 내려섰다. 그곳에서 내려다보이는 풍경이 궁금했기 때문이다.

"어머, 이 성의 사람들은 이렇게 멋진 풍경을 보면서 살고 있구나."

그때 발코니 문이 열리더니 젊고 잘생긴 왕 아타마스가 나타났다. 아무도 없어야 할 발코니에 아름다운 여인이 서 있자 아타마스는 당황했다. 이곳은 누구나 올라올 수 있는 곳이 아니었기 때문이다. 그때 네펠레와 아타마스의 눈이 마주쳤다. 네펠레는 낯선 남자와 이렇게 가까이 있는 게 처음이었다. 게다가 아타마스처럼 잘생긴 인간을 본 것도 처음이었다. 그 순간, 운명의 장난이 시작됐다. 아프로디테의 아들 에로스가 다가와 둘의 가슴에 화살을 쏘아버린 것이다.

"아름다운 여인이여, 그대는 누구십니까?"

"나는 요정 네펠레입니다. 그러는 당신은 누구십니까?"

"나는 이 나라를 통치하는 왕 아타마스입

여기서 잠깐!!

네펠레의 이름은 '구름'이라는 뜻을 가지고 있어. 그래서인지 네펠레라는 이름은 《그리스 로마 신화》에 많이 등장해. 이 이야기 속 네펠레가 가장 유명하지. 익시온과 결혼해 켄타우로스를 낳은 네펠레도 있어. 물이 증발한 수증기가 하늘로 올라가 응결돼 구름이 만들어지기 때문에 네펠레 역시 강의 신인 오케아노스의 딸이라고들 하지. 주로 물이 많은 곳에 살고 있는 것으로 묘사돼.

니다."

"처음 뵙겠습니다. 너무도 아름다운 경치에 실례를 하고 말았네요."

"아름다운 요정께서 찾아주시다니, 환영합니다. 어서 안으로 들어오시지요."

아타마스*는 네펠레를 보며 하늘이 내려준 배필이라고 생각했다. 그 뒤로 궁전에 머물던 네펠레는 어느새 아타마스와 사랑에 빠져 그와 결혼했다. 네펠레는 화려한 궁전에서 행복하게 지내면서 단란한 가정을 꾸렸다. 아들 프릭소스와 딸 헬레를 키우며 부부의 사랑은 무르익어갔다. 그러나 아이를 키우고 가정을 돌보느라 궁전에서만 시간을 보내다 보니 자신의 존재감이 점점 흐려지는 것 같았다. 네펠레는 점점 우울해졌다. 구름을 타고 하늘을 날아다니며 신과 인간 세계를 둘러보던 과거의 자유로움이 그리웠다.

'아, 내가 결혼하지 않고 계속 하늘에서 살았더라면…….'

아쉬운 얼굴로 하늘을 올려다보는 시간이 점점 늘어났다. 지나가는 구름을 볼 때면 혹시 친구 요정이 앉아 있을까 궁금했다. 그리움과 안타까움에 네펠레의 우울증은 점점 심해져 눈물짓거나 밤에 잠들지 못하는 일이 잦아졌다. 하염없이 발코니에 서 있는 그녀를 보고 아타마스가 다가와 갖은 금은보화를 선물하며 위로했지만, 이미 마음이 떠나버린 네펠레를 붙잡기는 어려웠다. 어느 날 밤, 그녀가 늘 서 있는 발코니 부근에 분홍색 구름이 다가오자 홀로 흐느끼고 있던 네펠레는 그대로 구름에 올라타 드넓은 하늘로 날아가버리고 말았다.

"아, 네펠레! 나와 아이들은 어찌하라고 이렇게 버려두고 떠난단 말이오."

뒤늦게 달려온 아타마스는 슬픔에 고통스러워했다. 하지만 그는 왕이었다. 슬픔과 고통을 억누르고 자신의 나라를 지켜야 했다.

이런 그에게 또 다른 운명의 여인이 다가왔다. 헤라가 새로운 여자를 보낸 것이다. 어느 날, 궁전 앞에 아름다운 여인이 나타났다. 문지기가 그녀를 데리고 왕 앞에 보고하러 왔다. 단정한 말투나 고급스러운 옷을 보니 귀한 신분인 게 분명했다.

"어찌하여 이곳까지 왔습니까?"

"왕이시여, 저를 불쌍히 여겨주세요. 운 좋게도 이곳까지 오게 되었습니다. 제발 제가 이 궁전에 머물 수 있게 해주세요. 왕의 발을 씻기는 일이라도 시켜만 주시면 최선을 다하겠습니다."

"자초지종을 말해보시지요."

"제 이름은 이노. 카드모스 왕의 딸입니다."

"카드모스라면 테베의 왕 아닌가요?"

"맞습니다. 저는 헤라 여신의 미움을 받아 추방당하는 신세가 되었습니다. 제 잘못도 아니고 언니 세멜레의 잘못을 뒤집어씌워 추방

여기서 잠깐!!

아타마스는 오르코메노스 보이타이아의 왕이야. 그는 세 번이나 결혼한 것으로 유명해. 부인도 많고 자식도 많다 보니 그의 결혼 생활은 편하지 않았어. 아니, 비극적으로 흘러갔지. 후대로 갈수록 이런저런 이야기가 더해지며 그의 결혼 이야기는 비극의 소재가 되었어.

한 것입니다. 여기저기 헤매다 이곳까지 오게 되었습니다. 제가 이곳까지 오게 된 것은 분명 신의 뜻입니다. 제발 제가 이곳에 머물게 해주세요."

슬픈 표정으로 조심스레 이야기하는 가냘픈 여인의 모습을 보며 아타마스는 이것이 또한 운명이라는 생각이 들었다. 아내가 떠나가자 새로운 여인이 바로 나타난 것은 신의 뜻이 아니라면 이해할 수 없는 일이었다.

"이곳에 머물러도 좋소. 다만, 그대에게 부탁을 하나 하겠소. 나의 발을 씻기는 건 아니오. 어미 잃은 왕자와 공주를 돌봐주시오. 엄마처럼, 누나나 언니처럼 돌봐줄 수 있겠소?"

이노는 환한 얼굴로 대답했다.

"잘 돌보겠습니다. 아이를 낳아보지는 않았지만 친자식처럼 사랑하는 마음으로 지켜주고 돌봐주겠습니다. 저를 거둬주신다니 정말 감사합니다."

이노는 두 아이를 정성껏 돌봤다. 그 모습에 감동한 아타마스는 1년 뒤 이노를 아내로 맞았다. 하지만 운명은 그리 호락호락하지 않았다. 아타마스와 사랑을 나누다 이노는 자연스럽게 자신의 아이를 낳게 되었다. 자신의 피가 섞인 아이를 둘이나 낳은 것이다. 전처의 자식인 프릭소스와 헬레는 천덕꾸러기가 될 수밖에 없었다.* 친자식과 전처의 자식을 눈에 띄게 차별하는 이노를 보며 궁전의 모든 이들이 프릭소스와 헬레를 홀대했다. 남매는 새어머니의 눈에 띄지 않으려고 구석으로만 다녔고, 발코니에 숨어서 떠나간 어머니만 그리워했다.

"어머니! 왜 구름을 타고 우리를 보러 한 번도 오지 않으시나요? 우리가 가엾지도 않나요? 우리는 이렇게 천대받고 있답니다."

"오빠, 어머니는 우릴 잊었을 거야."

"그럴 리 없어. 어머니가 어떻게 우리를 잊겠어?"

그 말은 사실이었다. 네펠레는 자신을 그리워할 것임을 알고 있었지만 오르코메노스 쪽으로는 한 번도 날아온 적 없었다. 한 번 떠나온 땅이었기 때문이다. 가슴 아프지만 일부러 그렇게 했다. 마굿간을 버리고 푸른 들판으로 나온 말은 다시는 마굿간으로 돌아가지 않는 법이다.

고통 속에서도 시간은 흘렀다. 프릭소스는 잘생긴 청년으로 자랐고, 여동생 헬레는 꽃다운 처녀가 되었다. 두 남매의 슬픔을 아는 백성들은 그들을 따르고 아꼈다. 이노는 천덕꾸러기인 전처의 자식들이 백성들의 사랑을 받는 것을 견딜 수 없었다. 왕의 후계자로 자신의 자식을 내세우고 싶었기 때문이다. 그래서 전처의 자식들을 볼 때마다 흠을 잡고 욕을 하며 괴롭혔다. 이런 상황에서 아타마스가 이노에게 말했다.

여기서 잠깐!!

이노가 어린 디오니소스까지 데리고 와서 자신의 자녀인 레아르코스, 멜리케르테스와 함께 키웠다는 이야기도 있어. 그런데 디오니소스는 제우스의 사생아잖아. 그러니 당연히 헤라는 디오니소스를 키우는 이노를 증오했지. 그래서 이노에게 큰 벌을 내렸다고 해. 신이건 인간이건 다른 이의 증오를 살 만한 일은 하지 않는 게 현명한 것 같아.

"나는 이제 나이도 많고 기력이 쇠하였소. 왕의 자리를 프릭소스에게 넘겨주어야 할 것 같소."

"네, 순리를 따르셔야지요."

말은 그렇게 했지만 이노는 돌아서서 자기 측근들을 불러 다그쳤다.

"어떻게 저 꼴 보기 싫은 프릭소스가 왕의 후계자가 된단 말이냐? 내 아들 레아르코스가 왕좌를 이어받을 수 있는 좋은 방법을 생각해내라."

이노를 따르는 시녀들은 이구동성으로 말했다.

"프릭소스를 죽이지 않는 한 그렇게 되긴 힘들 겁니다."

"그렇구나. 어떻게 하면 그 밉살맞은 놈을 죽일 수 있을까?"

이노는 심복들과 머리를 맞대고 고민했다. 프릭소스에게 누명을 뒤집어씌우면 쉽게 죽일 수 있을 거라는 결론에 도달했다. 당시에는 왕가에서 곡식을 관리해서 종자들을 보관하고 있다가 봄철이 되면 농부들이 궁전에 와서 종자를 받아가 농사를 짓도록 했다. 이노는 곡식 창고에 있는 모든 종자들을 몰래 꺼내다가 볶으라고 이야기했다. 조용히 오랜 시간에 걸쳐 모든 종자들이 냄비 속에서 익혀졌다. 한마디로 모두 죽은 것이다. 그 사실도 모른 채 봄이 되자 농부들은 종자를 받아와 자신의 밭에 정성껏 심고 가꾸었다. 그런데 물을 주고 정성껏 비료를 주었지만 아무리 시간이 흘러도 싹이 나지 않았다.

"왜 싹이 안 트지? 우리가 뭘 잘못한 거지?"

땅을 파보자 씨앗들은 그대로 썩어버려 흔적도 보이지 않았다. 한마디로 인공적인 기근이 온 것이다. 온 나라가 굶주림으로 고통받았다. 사람들이 이웃집과 서로 아이들을 바꿔서 잡아먹을 정도로 배고픔과 굶주림이 계속됐다. 사람들은 하늘을 원망했고, 신들을 원망했으며, 종자를 관리하는 왕을 원망했다. 아타마스는 보고를 듣고는 당황했다.

"무엇이? 농사가 전혀 되지 않았다고?"

아무리 생각해도 어찌 된 일인지 알 수 없었다. 델포이 신전으로 가서 신탁을 들어보도록 했다.

"신전에 제물을 바치고 어찌 된 일인지 알아봐라."

사람들은 정성껏 준비한 제물을 가지고 델포이 신전으로 달려갔다. 그런데 이것이야말로 교활한 이노가 원하던 바였다. 그녀는 이미 신탁을 말해줄 사제들까지 구워삶아둔 터였다. 뿐만 아니라 델포이 신전으로 제물을 바치러 갈 신하들 역시 이노의 뇌물을 받은 자들이었다.

"신전까지 갈 필요가 뭐 있어? 그냥 대충 놀다가 가서 대왕께 보고하자고."

"그러지 뭐."

그들은 신전에 다녀올 정도의 시간을 딴 곳에서 보내다가 당황한 듯한 표정으로 궁전에 돌아왔다.

"대왕이시여, 저희들이 왔습니다."

"그래, 어찌 되었느냐? 신탁을 들었느냐?"

"불행한 소식입니다. 신들은 다음 왕으로 프릭소스가 결정되었다는 사실을 못마땅해하고 있습니다."

"그게 무슨 말이냐? 나의 아들이 왕좌를 물려받는 것을 왜 신들이 못마땅해한다는 것이냐?"

"그 이유는 알 수 없습니다. 프릭소스를 죽여 라피스티움산에서 제우스 신에게 제물로 바쳐야만 이 분노가 풀려서 열매가 맺힐 것이라고 합니다."

아타마스는 벌떡 일어났다.

"왕위를 이어받을 내 아들을 죽이라고? 그럴 순 없다. 이 신탁에 대해 소문을 내는 자는 모두 목을 치고 말겠다."

아타마스는 자신의 아들을 지켜야겠다는 생각이 들었다. 하지만 발 없는 말이 천 리를 간다고 하지 않던가. 조용히 소문이 퍼졌지만, 프릭소스는 사람들에게 인기가 있었기 때문에 그를 죽이는 것을 그 누구도 원하지 않았다. 하지만 신탁이 있었다는 말을 듣자 사람들은 모두 수군대기 시작했다.

"신탁이 잘못된 거 아니야?"

"맞아. 우리 왕자님이 무슨 죄가 있어? 이건 분명히 왕자님을 시기하는 못된 인간들이 중간에서 장난을 친 걸 거야."

백성들은 자신들이 좋아하는 왕자가 죽는 것을 보고 싶지 않았다. 한편 이노는 당황했다. 죄를 물어 프릭소스를 죽이려고 했는데, 일이 흘러가는 것을 보니 그렇게 되지 않을 것 같았기 때문이다. 그때 이노의 끄나풀들이 군중 속에 숨어 있다가 소리쳤다.

"신들이 벌을 줄 만하니까 벌을 준 거지요. 프릭소스는 분명 죄가 있을 거예요."

각종 유언비어가 판을 치고 프릭소스에 대한 좋지 않은 소문이 돌자 사람들은 웅성거렸다. 아타마스는 그런 소문을 믿지 않았다. 자신의 아들이 제물로 바쳐질 만큼 큰 죄를 저질렀을 리 없다고 생각한 것이다.

그러나 프릭소스에 대한 흑색선전이 계속되자 사람들은 점점 돌아서기 시작했다. 프릭소스에 대한 사랑은 어느새 증오와 저주로 바뀌었다.

"프릭소스를 죽여라! 제물로 바쳐라!"

폭동이 일어날 지경이었다. 사람들이 몰려와 궁전 문에 돌을 던지며 프릭소스를 내놓으라고 소리쳤다. 아타마스가 이러지도 저러지도 못하고 있는데, 이노가 옆에서 부추겼다.

"대왕이시여, 백성의 분노는 신들의 분노와 마찬가지입니다. 프릭소스를 빨리 제물로 바치세요. 라피스티움산으로 가라고 하십시오."

거짓 신탁이지만 아타마스로선 방법이 없었다. 이대로 놔두면 자신의 자리도 위태로워질 것이 분명했기 때문이다. 마침내 아타마스는 고개를 끄덕였다.

"사람들이 원하는 대로 하시오."

사람을 제물로 바치는 제사가 준비되었다. 프릭소스는 누명을 뒤집어쓰고 죽을 운명에 처했다. 선하디선한 프릭소스는 죄를 짓지 않았지만 자신의 운명이라면 이를 받아들일 수밖에 없다고 생각했다. 그는 앞에 나서서 말했다.

"저 하나 희생해서 신들의 노여움이 풀린다면 기꺼이 죽겠습니다. 백성들이 굶주림에 고통받는 모습은 저도 보기 괴롭습니다."

헬레가 흐느끼며 다가와 속삭였다.

"오빠, 희망을 버리지 마세요. 우리 어머니, 어머니가 어딘가에서 보고 계실 거예요. 우리가 이렇게 억울한 일을 당하는 것을 어머니가 모르실 리 없어요."

다음 날 동틀 무렵이었다. 사람들은 프릭소스를 꽁꽁 묶어 제물로 바치기 위해 제단으로 끌고 갔다. 아타마스가 궁전에 남아 있으라고 명령했지만 헬레는 말했다.

"저는 끝까지 따라갈 거예요. 저를 궁전에 가둬두신다면 목을 매달아 죽겠어요."

아타마스는 허락할 수밖에 없었다. 헬레는 오빠를 끝까지 따라갔다. 일행은 산꼭대기까지 힘들게 올라갔다. 웅장한 신전의 제단이 보였다. 사람들이 프릭소스의 팔을 붙잡고 그를 제물로 바치기 위해 심장에 칼을 꽂으려고 하는 순간이었다. 구름 위를 살피고 있던 헬레가 외쳤다.

"저기를 보세요. 어머니가 오고 계세요. 우리 어머니예요. 우리를 구하러 오고 계세요."

정말이었다. 떠오르는 태양 빛을 받으며 요정 네펠레가 구름 위에 앉아 빠르게 날아오고 있는 것 아닌가. 그 모습을 본 사람들은 일제히 외쳤다.

"아, 요정이 나타났다."

사람들은 무릎을 꿇었다. 프릭소스를 죽이려던 사제까지도 모두 무릎을 꿇었지만 단 한 명, 이노만은 이를 갈며 눈을 치뜨고 네펠레를 노려봤다. 남매는 오랜만에 만난 어머니를 향해 달려갔다.

"오, 내 아들, 내 딸아!"

네펠레는 두 자녀를 끌어안았다.

"눈물 흘리고 있을 때가 아니다. 빨리 이곳을 떠나자."

네펠레 옆에는 황금 양이 있었다.

"사람이 구름을 탈 순 없으니 너희는 이 양을 타라. 이 양은 하늘을 나는 양이란다."

"어머니, 우리는 어디로 가게 되나요?"

"헬리오스의 아들 아이에테스가 다스리는 콜키스*로 가게 될 거야. 가서 그에게 도움을 청하려무나. 그곳에 가자마자 이 숫양을 바치고 황금 양털을 선물로 준다고 하면 너희를 도와줄 것이다."

"예, 알겠습니다."

프릭소스가 양의 등에 올라타자 헬레가 외쳤다.

"오빠, 어서 잡아줘! 빨리 이곳을 떠나자!"

헬레는 양의 등에 올라탔다. 해가 떠오르자 황금 양은 하늘로 날아올랐다. 찬란한 황금빛이 하늘 가득 퍼졌다. 네펠레는 멀리 사라지는 아들과 딸을 향해 손을 흔들며 외쳤다.

"내 아이들아, 잘 가렴. 엄마가 정말 사랑한단다."

자신의 소중한 자녀들이 황금 양을 타고 떠나는 모습을 보며 네펠레는 눈물을 흘렸다. 그 모습을 본 아타마스는 오랜만에 보는 전처도 반가웠지만 사랑하는 아들딸이 죽음의 위협

여기서
잠깐!!

콜키스에는 정말 황금 양털이 있었을까? 이건 무엇을 상징하는 걸까? 정말 궁금하지? 2009년 고고학자들이 그 옛날 콜키스가 있었던 오늘날 조지아 남부에서 3000년 전부터 있었던 금광을 발견했대. 그곳 강에 흐르는 물에는 사금이 섞여 있었어. 그런데 당시 사금을 채취하는 도구로 양털을 사용했거든. 그 때문에 황금 양털 신화가 만들어진 거야. 금광이 발견됐다는 소문에 부근의 장정들이 한몫 잡으려고 몰려든 것이 신화의 바탕이 된 것 같아.

에서 벗어나자 더없이 기뻤다. 하늘을 날아가던 황금 양은 이윽고 작은 점이 되더니 더 이상 보이지 않았다. 이제 지상에서 벌어지는 일은 그들 남매의 문제가 아니게 된 것이다.

황금 양은 점점 더 하늘 높이 올라갔다. 까마득하게 멀어지는 땅을 보며 헬레는 오빠의 등을 꽉 껴안았다. 프릭소스는 황금 양의 뿔을 두 손으로 부여잡았다. 황금 양은 초원 위를 달리듯 평화롭게 하늘을 날아올랐다. 황금 양은 날개가 없었지만 새보다 가볍고 빠르게 구름과 바람을 헤치며 나아갔다. 강과 산, 들판이 발아래로 보였다. 황금 양은 빠르게 날아가 드넓은 바다를 건넜다. 이윽고 좁은 해협이 나타났다. 마르마라해와 에게해를 이어주는 해협 부근에 이르자 날씨가 갑자기 나빠지기 시작했다. 천둥이 치고 비바람이 몰아쳤다.

"오빠, 어떡해. 너무 무서워."

헬레는 프릭소스에게 매달렸다. 황금 양은 흔들림 없이 목적지를 향해 날아가고 있었다. 아래를 내려다보니 사납게 일렁이는 파도가 자신들을 금방이라도 집어삼킬 것만 같았다.

"헬레, 걱정하지 마. 나만 꽉 잡아. 내가 양의 뿔을 꼭 잡고 있어. 우린 양이랑 한 몸이나 마찬가지야."

하지만 헬레는 거친 파도가 몰아치는 바다만 바라보았다. 한번 내려다보니 도저히 시선을 돌릴 수 없었다. 그것이 실수였다. 아래를 내려다본 순간, 두려움이 온몸을 휘감으며 참을 수 없이 어지러워졌다.

"오빠, 너무 힘들어. 더 이상 못 매달려 있겠어."

그러더니 헬레는 그대로 바다로 떨어지고 말았다.

"아아악!"

떨어지는 여동생의 모습을 보면서도 프릭소스는 어쩔 수 없었다. 도울 길이 없었던 것이다. 헬레는 그대로 하나의 점이 되어 바다에 빠져 죽고 말았다.

"헬레! 헬레!"

프릭소스는 그저 누이동생의 이름을 목 놓아 부를 수밖에 없었다. 그는 눈물을 흘리면서도 황금 양에게 매달린 채 계속 앞으로 나아갔다. 헬레가 빠져 죽은 곳은 '헬레의 바다'라는 뜻으로 헬레스폰토스해협(현재의 다르다넬스해협)이라 불리게 되었다. 좁은 바닷길 사이로 폭풍우가 불면 큰 파도가 일며 거세게 흐르는 바닷물이 으르렁거리는 소리를 내는데, 사람들은 이를 헬레의 울음소리라고도 딸을 잃고 비탄에 빠진 네펠레가 흘리는 신음 소리라고도 했다.

한편, 황금 양은 그 어떤 일에도 흔들림 없이 구름을 헤치며 콜키스를 향해 나아갔다. 마침내 황금 양은 하늘에서 점점 내려와 어느 궁전 앞에서 비로소 땅을 디뎠다. 그곳은 바로 아이에테스*가 다스리는 궁전이었다. 아이에

여기서
잠깐!!

아이에테스는 태양의 신 헬리오스와 바다의 신 오케아노스의 딸 페르세이스의 아들이야. 아버지에게 코린토스 왕국을 물려받아 지배자가 되었지. 그런데 무슨 사정인지 자신에게 주어진 땅을 버리고 새 땅을 개척하겠다고 떠나 방랑하다가 흑해 주변의 콜키스까지 갔어. 여기에서 그는 아이아라는 땅을 다스렸는데, 그곳의 수도가 바로 프릭소스가 도착한 파시스야. 각 나라의 건국 신화를 보면 세력 다툼에서 밀린 왕자가 새로운 땅을 찾아 나선다는 이야기가 많이 나와. 고구려를 건국한 고주몽도 금와왕의 아들들이 못살게 굴자 피신해서 새 나라를 만든 개국 군주였어.

테스는 전날 밤 꿈에서 멋지고 잘생긴 청년이 자신을 찾아오리라는 예언을 듣고 기다리고 있던 중이었다.

"오, 이렇게 늠름하고 잘생긴 젊은이가 우리 왕국까지 찾아와주다니, 정말 반갑네. 어서 오게. 어서 와. 안으로 들어오게. 자네는 나의 최고의 손님일세."

프릭소스는 눈물을 흘리며 궁전으로 들어가 자신이 겪은 일들을 이야기했다. 어려서 어머니를 잃고 새어머니와 아버지 사이에서 고난을 겪던 끝에 죽음을 피해 거친 바다를 건너오다가 동생을 잃은 이야기를 눈물 흘리며 털어놓자 궁전의 모든 사람들 역시 눈물을 흘리며 그의 슬픔을 함께했다. 젊은 왕자의 기구한 운명을 안타까워한 것이다.

"이제 더 이상 눈물 흘릴 일은 없을 걸세. 자네를 극진히 대접하겠네. 뿐만 아니라 신께서는 내 딸을 자네의 배필로 안배해두셨다네."

그 순간, 아름다운 칼키오페 공주가 모습을 드러냈다. 아이에테스는 프릭소스를 사위로 삼았다. 결혼을 약속한 다음 날, 어머니가 이 모든 것을 준비했다는 것을 알게 된 프릭소스가 말했다.

"저를 태우고 온 황금 양을 제우스 신께 제물로 바치고 싶습니다."

"그거 좋은 생각이네."

황금 양은 그날로 제물이 되었다. 황금빛 가죽은 벗겨서 잘 챙겨두고 고기는 태워서 하늘로 연기를 올려 보냈다.

"이 황금 양털을 대왕님께 바치겠습니다. 제 결혼 예물입니다."

"이토록 귀한 황금 양털을 내게 선물하다니, 정말 고맙구나. 여봐라!"

무사들이 다가와 고개를 숙였다.

"이 양털을 전쟁의 신 아레스의 성스러운 숲에 가져가라. 그곳에 가면 천 년 묵은 참나무가 있다. 그곳에 걸어 영원히 보관하라."

"예, 알겠습니다."

"그리고 수호 용에게 부탁하라. 용이 밤낮으로 이 귀한 양털을 지키도록 말이다. 그 어떤 자도 감히 이 양털을 훔쳐 가지 못하도록 하라."

황금 양털을 숲에 걸어놓자 양털에서 뿜어져 나오는 선한 기운이 온 하늘과 땅에 미쳤다. 때맞춰 비가 내리고 햇살이 비쳤으며 적당한 바람이 불었다. 더 이상의 기상 이변은 없었다. 그러자 농사가 잘 되고, 들판과 냇물에는 짐승과 물고기들이 그득해졌다. 황금 양털은 풍요의 상징이 되었다. 몇 년 지나자 콜키스는 인근 소도시 국가 중 가장 부유한 나라가 되었다. 잘 먹인 군사들은 날로 용맹해졌다. 주변 나라들은 갑자기 강대해진 콜키스를 보며 말했다.

"황금 양털을 갖게 된 뒤 저 나라가 저렇게 잘살게 된 거라며?"

"마법의 황금 양털이래."

점점 소문이 퍼지자 수없이 많은 용사와 영웅들이 황금 양털을 훔치려고 밤낮으로 아레스 신의 성스러운 숲에 침입했다. 하지만 황금 양털 근처에 가기도 전에 죽거나 결국 도착하더라도 용들에 의해 무참히 찢겨 죽었다. 입에서 불을 내뿜으며 절대 눈을 감지 않는 용이 지키고 있어서 그 누구도 황금 양털을 훔쳐 갈 수 없을 것 같았다. 얼마 지나지 않아 인근 지역에서는 아이에테스의 귀중한 보물을 훔쳐 가겠다는 시도조차 하지 않게 되었다. 황금 양털은 부와 명예, 그리고 풍요의 상징이 되었다. 그런 황금 양털을 가져오겠다고 겁 없이 나선 자가 있었다.

바로 이아손이었다.

"황금 양털을 가져오면 이올코스의 왕위를 내놓으셔야 합니다."

이아손은 이올코스의 펠리아스 왕을 보고 크게 외쳤다.

3

아르고호의 영웅들

황금 양털을 가져오겠다고 호기롭게 나서는 이아손을 보며 펠리아스는 속으로 쾌재를 불렀다. 모든 게 그의 속셈대로 되고 있었기 때문이다. 이아손이 혼자 힘으로 황금 양털을 가지고 오는 것은 불가능했다.

'저놈이 아무리 능력이 뛰어나더라도 혼자 머나먼 콜키스까지 가서 황금 양털을 구해 오는 것은 불가능한 일이야. 분명히 가다가 죽고 말 거야.'

하지만 이아손은 그렇게 호락호락한 사람이 아니었다. 그는 한번 시작한 일은 무조건 해내는 놀라운 추진력을 가진 자였다. 다음 날 그는 자신을 추종하는 사람들과 함께 광장에 나가 큰소리로 사람들을 불러

모으기 시작했다.

"황금 양털을 가져와서 우리 고향과 우리 땅을 부강하게 만듭시다! 동참할 사람들은 모두 모이시오! 용기 있는 자라면 나와 함께 우리 고향을 위해 목숨을 바칠 각오로 모험에 나섭시다!"

"그럽시다!"

혈기 있는 젊은이들은 금은보화로 유혹하기는 어렵지만, 정의로운 명분과 피 끓는 열정에는 쉽게 움직이는 법이다. 이곳저곳에서 젊은이들이 모여들기 시작했다.

"제가 함께하겠습니다."

"이 세상 끝까지라도 따라가겠습니다."

용맹한 젊은이들이 무리를 지어 이곳저곳 다니며 영웅들을 모았다.

"그대가 소문처럼 용감한 자라면 나의 동료들과 함께 모험을 떠나 영광을 누립시다."

"머나먼 땅 콜키스로 갑시다. 그곳에서 황금 양털을 가져옵시다. 황금 양털을 가져오는 순간, 기적이 우리와 함께할 겁니다. 우리는 그동안 너무도 가난하고 춥고 배고팠습니다. 이 모든 불행을 몰아냅시다. 모두 동참해주십시오."

이아손의 피 끓는 연설을 들으며 위대한 모험에 함께하겠다는 사람들이 하나둘 모이기 시작했다. 그렇게 모여든 영웅들이 어느새 쉰 명에 도달해 배 한 척을 채울 만한 규모가 되었다. 이들 위대한 영웅 가운데는 헤라클레스도 있었다. 당시 헤라클레스는 절망에 빠져 있었다. 신의 저주로 자식들을 다 제 손으로 죽이고 어찌해야 될지 모르고 있는데,

모험에 나서자는 이아손의 외침을 들은 것이다.

"이아손을 도와서 황금 양털을 찾으러 가야겠다."

그는 망설이지 않고 이아손을 찾아갔다. 다른 이들도 많이 모여들었다. 이들은 이아손의 모험에서 각자 대단한 활약을 했다.

영웅들이 모이자 이아손은 그다음 계획을 실행하는 데 나섰다. 바로 배를 구하는 것이었다. 머나먼 길을 가야 했기에 아주 튼튼한 배가 필요했다.

"나에게 필요한 것은 화려하고 거창한 배가 아니오. 험한 파도를 헤치고 방해하는 신들의 노여움을 이겨낼 수 있는 야무지고 단단한 배가 필요한데 지금 이곳에는 그런 배가 없소."

배를 타고 항해해봤던 자들이 앞다퉈 의견을 내놓았다.

"새로운 배를 만드는 게 나을 겁니다."

"맞습니다. 폭풍을 이겨내려면 아주 좋은 나무로 잘 만들어야 합니다."

"집은 사서 살고 배는 지어서 타라는 말이 있습니다."

영웅들의 의견이 분분했다. 이때 한 사람이 나섰다.

"그런 배를 만들 수 있는 사람을 알고 있습니다."

"그게 누굽니까?"

"이 시대의 가장 뛰어난 목공이지요. 그의 이름은 아르고스입니다."

아르고스는 여러 가지 발명품과 기계를 만들어냈다. 그가 얼마나 뛰어난 장인인지는 그의 이름이 '기술자'를 뜻하는 '아키텍트(Architect)'의 어원이 된 것만 봐도 알 수 있다. 그는 예술과 과학 모두에 관심이 많았다. 대표적인 발명품으로는 돌과 나무로 만든 크레인과 다양한 건축 재료를 섞어 만든 시멘트 등이 있다. 그의 기술과 지식은 그리스와 로마의 수많은 건축물과 선박에 반영되었다.

영웅들은 아르고스에게 몰려가 부탁했다. 이 역사적인 일을 해낼 수 있도록 도움을 달라는 것이었다. 이야기를 들은 아르고스는 기꺼이 배를 만들어주겠다며 고개를 끄덕였다.* 그런데 한 나라의 왕좌가 달려 있는 중요한 일이다 보니 이들을 염탐하는 첩자들이 주변에 끊이지 않았다. 첩자들을 통해 이아손의 행적을 일일이 보고받던 펠리아스는 이아손이 온 그리스 영웅들을 모은 것에 당황했다. 모여든 쉰 명의 영웅들은 하나같이 이름 높은 뛰어난 인재였다. 자신으로선 도저히 한자리에 모을 수 없는 이들이었다. 그렇게 뛰어난 이들이 모여드는 것을 보면서 이아손이 진짜로 황금 양털을 가져오면 어떻게 해야 할지 걱정되기 시작했다. 그는 사신을 보내 아르고스를 궁전으로 불러들였다.

"아르고스, 너는 그동안 나의 왕국에서 나의 보호를 받으며 먹고살지 않았더냐?"

"맞습니다, 대왕이시여."

"그렇다면 이번에는 나의 명령을 들어라."

"말씀만 하십시오. 이아손 님께 튼튼한 배를 만들어드리겠습니다."

"그게 아니다. 나의 아버지 포세이돈이 꿈속에 찾아와 나에게 명하셨다."

"무슨 말씀을 하셨습니까?"

"배를 만들 때 못을 아껴 쓰라고 하셨다. 만약에 이 명령을 어긴다면 너는 벌을 받게 될 것이다."

"알겠습니다. 저는 신들의 뜻을 거역하는 것을 원하지 않습니다. 제가 만든 배들이 난파 당하는 것을 보고 싶지 않기 때문입니다."

아르고스는 순종적인 태도로 대답하고는 궁전에서 물러났다. 그런데 아르고스는 그동 안 수없이 많은 사람들의 주문을 받아 배를 만들어본 경험이 있었다. 한마디로 그는 닳고 닳은 자였다. 다양한 이유로 트집을 잡는 선주 들의 비위를 맞추며 배를 만들어온 그는 펠리 아스가 거짓말을 하고 있다는 것을 단번에 알 아차렸다.

"흥, 포세이돈 신이 멀쩡한 사람들을 이유 도 없이 죽이려 들 리 없어. 이렇게 위대한 영 웅들을 모두 죽이라고 지시했다면 신이라고 할 수도 없지. 그런 헛소리를 내가 못 알아챌 줄 알고?"

이윽고 후원금이 모이고 나무들이 속속 도 착했다. 나무들은 하나같이 돈을 주고도 쉽게 구할 수 없는 질 좋은 것들이었다. 모든 나무 가 아주 가볍고 강했다. 아르고스는 제자에게 말했다.

"시장에 가서 못을 구해 와라. 평소에 쓰는

여기서 잠깐!!

아르고스도 이렇게 큰 배를 만들어 보는 것은 처음이었어. 그는 가죽 끈 으로 노와 손목을 연결하는 장치를 만들고, 바람의 방향에 따라 자유자 재로 돛의 방향이 돌아갈 수 있도록 설계했어. 해적 영화에서 손잡이가 여러 개 달린 키를 본 적 있지? 이것 역시 아르고스가 만든 거야. 이 정도 기술만으로도 당시 최고의 배를 만 들 수 있었지. 《그리스 로마 신화》에 나오는 여러 영웅들은 이렇듯 남들 과 다른 자신만의 방식으로 운명을 개척했어.

아르고스

아르고스는 당대 최고의 장인으로, 아테나 여신의 도움을 받아 '아르 고호'를 완성했어. 아르고스가 일 생일대의 명품을 만들겠다는 의지 로 모든 것을 쏟아부은 결과물이 지. 이 배에 신의 목소리를 들을 수 있는 신비로운 나무가 사용되었다 는 것만 봐도 얼마나 정성을 들였 는지 알 수 있을 거야. 아르고스의 솜씨 덕분에 이아손과 영웅들은 튼 튼한 배를 얻어 위대한 모험을 떠 날 수 있었어.

양의 두 배는 구해 와야 한다."

"왕께서 못을 적게 쓰라고 하지 않으셨습니까?"

"나는 배를 만들 때 누가 시킨다고 해서 얼토당토않은 주장을 따라 본 적이 없다."

아르고스는 태풍도 견뎌내는 튼튼한 배를 만들기로 결심했다.

"빈틈 하나 없이 만들어라. 내가 일일이 검사하겠다."

그 어느 배보다 정성 들여 만들었기에 아르고스가 매의 눈으로 꼼꼼히 살펴봤지만 흠 하나 찾을 수 없었다. 노잡이의 위치도 제자리고, 모든 것이 한 치의 오차도 없이 설계도대로 만들어졌다. 배의 틀이 짜이자 칠을 하기 시작했다. 다른 배들보다 더 많이, 열두 번이나 덧칠했다. 점점 완성되는 배를 보며 아르고스는 생각했다.

'만에 하나 왕이 말한 대로 진짜로 포세이돈이 분노해서 이 배를 부서뜨리려 해도 견뎌낼 수 있도록 튼튼하게 만들겠어. 뱃머리에는 헤라 여신 성상을 새겨 넣자. 그러면 포세이돈도 어쩌지 못할 거야.'

아르고스는 헤라 여신 성상을 새겨 넣고는 금박을 입혀 휘황찬란하게 반짝이게 했다. 배에 쓰인 재료 하나하나가 성스럽고 귀한 것들이었는데, 특히 헤라 여신 성상은 제우스를 상징하는 떡갈나무의 가지를 잘라낸 것으로 만들었다. 배가 완성되자 아르고스는 너무나 기뻐서 눈물을 흘렸다.

완성된 배를 보며 영웅들은 정성을 다한 아르고스에게 예를 표했다. 이아손이 앞으로 나서며 말했다.

"아르고스, 당신의 노력과 정성을 우리 모두 잘 알고 있습니다. 당신이 이렇게 훌륭한 배를 만들어주었으니 우리는 분명히 목적을 이뤄낼 수 있을 겁니다. 당신의 노고에 감사하는 뜻에서 이 배의 이름은 당신의 이름을 따서 붙이겠습니다."

순간, 아르고스는 당황했다. 그동안 수없이 많은 배를 만들었지만 자신의 이름을 따서 이름을 붙여본 적은 한 번도 없었기 때문이다. 상대방을 존중하는 이아손의 세심함이 돋보이는 대목이다.

"이 배의 이름을 아르고호라고 명명하겠습니다."

"만세! 아르고호 만세!"

영웅들은 '아르고호'라는 이름에 모두 환호성을 질렀다. 평생 배를 만들어온 아르고스는 뜨거운 눈물을 흘리며 이아손을 끌어안았다.

"당신에게 영광이 있기를 바랍니다."

"아르고스, 눈물을 닦으세요."

"고맙습니다. 자, 이제 배를 띄웁시다."

"배를 끌고 갈 준비가 되지 않았는데, 이렇게 큰 배를 지금 어떻게 띄운단 말입니까?"

"걱정하지 마세요. 다 준비해두었습니다."

비바람이 불어도 흔들리지 않도록 단단히 고정되어 있던 나무 받침 쐐기들 옆에 장인들이 한 사람씩 섰다.

"자, 하나 둘 셋 하면 받침 쐐기를 망치로 쳐라."

"예."

좌우에 늘어선 장인들은 아르고스의 명에 따라 동시에 쐐기를 내리쳤다. 쐐기가 부러지면서 나무 틈새가 벌어지더니 돌고래같이 매끄러운 모양의 배가 그대로 미끄러져 바다에 풍덩 빠졌다. 물속에 잠겨드는가 싶더니 잠시 뒤 배는 기다렸다는 듯 둥실 떠올랐다.

"만세!"

마침내 아르고호는 바다 위에 자신의 첫발을 내디뎠다.

"황금 양털을 위하여 우리 모두 목숨을 바치자. 만세!"

아르고호를 묶어놓은 닻돌을 바다에 빠뜨렸다. 햇살 아래 반짝이는 장대한 모습은 어떠한 난관도 헤쳐 나갈 수 있을 것만 같았다. 영웅들이 올라타 먼 바다로 모험을 떠나면 모든 작업이 끝날 터였다.

이아손이 영웅들 앞에 서서 말했다.

"자, 우리는 내일 새벽 이 배를 타고 떠날 겁니다. 그에 앞서 이곳에 모인 여러분에게 제안할 게 있습니다."

"무엇입니까?"

"우리 모임을 이끌 선장을 뽑아야 합니다."

"당연히 우두머리가 필요하지요."

"내가 생각할 때 우리에게 필요한 우두머리는 바로 이분 같습니다."

그러면서 이아손은 맨 앞에 앉아 있는 헤라클레스를 가리켰다.

"헤라클레스! 헤라클레스!"

사람들은 모두 큰소리로 헤라클레스의 이름을 외쳤다. 헤라클레스가 무리의 우두머리가 되어준다면 그 아무리 위험한 모험이라도 거리낄 것이 없을 터였다. 헤라클레스는 자리에서 천천히 일어났다. 그는 먼저 감사의 뜻을 표했다.

"나를 이렇게 높이 평가해주시다니 정말 고마울 따름입니다. 하지만 이 여행을 이끌어갈 사람은 이미 정해져 있는 것 같습니다. 그는 바로 이아손입니다."

헤라클레스는 그 자리에서 오른손을 들어 올리며 다른 사람들의 찬성을 부추겼다. 조금 뒤 다른 영웅들도 다 함께 손을 들어 올려 이아손은 만장일치로 이 무리의 우두머리가 되었다.

"좋습니다. 내일 새벽에 이곳을 떠날 테니 밤새 필요한 것들을 이곳에 옮겨둡시다."

하지만 영웅들은 움직일 필요가 없었다. 사람들이 이런저런 물건들을 마차에 잔뜩 싣고 와 바닷가에 가져다두었기 때문이다. 그 물건들만 배에 실으면 언제든지 떠날 수 있었다. 사람들은 자신이 가져온 물건들을 배에 실으며 영웅들 한 사람 한 사람에게 다가가 간곡히 부탁했다.

"꼭 살아 돌아오십시오. 그리고 황금 양털을 가져와 우리가 풍요롭게 살 수 있도록 해주시기 바랍니다."

모든 사람들이 팔을 걷어붙이고 밤새 꼼꼼하게 준비를 갖췄다. 어느새 해가 떠오르려는 듯, 동쪽 하늘이 희붐하게 밝아졌다. 영웅들이 모두 배에 올라타자 사람들은 손수건을 흔들었다. 뱃전에 서 있는 영웅들을 바라보며 사람들은 수군댔다.

"아, 바로 저분이 헤라클레스구나."

"대단해. 테세우스도 있어."

"이다스도 있고 카스토르도 있다던데?"

"저기 오르페우스도 보이네."

사람들은 쉰 명이나 되는 영웅들을 보고 어떤 이들이 모여 있는지 귀엣말로 서로에게 알려주었다.* 그리스에서 이름난 인재들은 그곳에 다 모여 있었다. 마지막으로 배에 오른 것은 이아손이었다. 사람들은 이아손이 지나갈 수 있도록 길을 터주었다.

"아들아, 무사히 돌아오거라."

늙은 아이손이 이아손을 꼭 끌어안아주었다. 어머니도 함께 아들을 끌어안았다. 이제 헤어지면 언제 다시 볼지 알 수 없는 먼 길이었다. 온 나라 사람들이 몰려나와 영웅들이 무사히 돌아오기만을 기도했다. 그곳에 단 한 사람, 반드시 있어야 할 사람의 모습이 보이지 않았다. 바로 펠리아스였다.

"내가 왜 저자들을 배웅해야 한단 말이냐. 가서 다 죽어버렸으면 좋겠는데."

그는 저주를 퍼부었다. 그런 펠리아스를 못마땅한 눈으로 바라보는 이가 있었다. 바로 펠리아스의 아들 아카스토스였다. 아카스토스는 오래전부터 갈등하고 있었다. 아르고호가 만들어지고 그리스 전역에서 영웅들이 몰려드는 것을 보면서 점점 간절한 마음이 되었다.

'나도 저 영웅들과 함께 이아손을 따라가고 싶어.'

여기서 잠깐!!

아르고호에 올라타 모험을 떠난 영웅들을 '아르고나우타이'라고 해. '함께 간 동료'라는 의미이지. 그리스 전역에서 영웅들이 모여들었는데 시대에 따라, 정리한 사람에 따라 그 명단은 조금씩 달라. 대표적으로 이아손과 헤라클레스 외에도 세이렌의 노래에서 무리를 구한 오르페우스, 북풍 보레아스의 쌍둥이 아들인 제테스와 칼라이스, 포세이돈의 아들 에르기노스, 제우스의 아들 카스토르와 폴리데우케스, 오이디푸스 콤플렉스의 주인공인 오이디푸스, 아테네 최고의 영웅 테세우스 등이 있어.

하지만 아버지가 허락할 리 없었다. 아카스토스는 머뭇거리다가 마지막 순간에 용기를 냈다. 그는 자신의 무기와 갑옷을 챙긴 뒤 그대로 어둠을 뚫고 바닷가로 달려갔다.

배의 닻줄이 끌려 올라가는데 누군가가 소리 질렀다.

"이아손, 이아손, 기다리시오."

"잠깐 멈추시오."

새벽빛을 받으며 번쩍이는 갑옷을 입고 달려오는 것은 바로 아카스토스였다.

"나도 당신과 함께 가겠습니다!"

"그대의 아버지는 펠리아스 아닙니까. 왕이 허락하셨습니까?"

"아니오. 허락하실 리 없지만, 나는 그대와 함께하고 싶습니다. 아버지는 자신이 얼마나 부끄러운 일을 저질렀는지 아셔야 합니다. 그 부끄러움을 내가 조금이라도 씻고 싶습니다."

사람들은 모두 환호성을 지르며 박수를 쳤다. 이아손은 서둘러 사다리를 내려줬다.

"올라오시지요. 그대는 나의 친구이자 또 다른 영웅입니다."

모두 사기등등해졌다. 이윽고 배가 해안에서 멀어지자 보고 있던 사람들은 모두 함성을 질렀다.

"황금 양털을 찾아오자! 황금 양털을 찾아오자!"

배가 육지에서 멀어지자 영웅들은 모두 제자리에 앉아 노를 젓기 시작했다. 항구에 몰려든 사람들은 영웅들의 이름을 하나하나 외치며 무사히 돌아오기만을 기원했다. 영웅들은 힘차게 노를 저었다. 배는 순식간에 바다 한가운데로 나아가 드디어 큰 바람을 맞았다.

"돛을 올려라!"

돛을 올리자 바닷바람이 거침없이 아르고호를 밀어주었다. 수평선 너머로 붉은 해가 떠올랐다. 오르페우스는 그 모습을 보며 진격의 노래를 부르기 시작했다. 아름다운 수금 소리가 울려 퍼지며 영웅들을 다독여주었다. 영웅들은 아침 햇살을 받아 붉게 물든 얼굴로 서로 마주 보며 어깨를 두들겨주었다. 없던 용기도 샘솟는 것 같았다.

배는 까마득하게 멀어지더니 마침내 수평선 너머로 사라졌다. 바닷가에 있던 사람들은 떠오르는 붉은 해를 바라보며 아르고호가 무사히 돌아오기만을 기원했다. 사람들은 서서히 제 갈 길로 흩어졌다. 마지막까지 남아 있던 아이손이 말했다.

"아, 아들아, 언제쯤이면 내가 너를 다시 볼 수 있겠느냐. 네가 올 때까지 나는 이곳에서 기다리겠다."

아내가 그에게 말했다.

"우리 함께 기다려요. 이제 우리가 할 일은 아들이 돌아오기를 기다리는 것뿐이군요."

떠나는 사람 뒤에는 항상 기다림의 슬픔에 빠지는 사람이 있는 법이다.

4

여자들의 섬

모험을 하다 보면 갖가지 해괴한 난관에 부딪히게 마련이다. 셀 수 없을 정도로 많은 섬들이 있는 에게해를 항해하는 아르고호의 영웅들은 두말할 필요도 없었다. 그토록 많은 섬들 가운데는 여자들만 사는 렘노스섬도 있었다.

아르고호는 무사히 동쪽을 향해 순항했다. 영웅들의 목적지는 콜키스. 말로만 들었지 그곳이 어디인지 정확하게 아는 사람은 아무도 없었다. 이아손 역시 어려서 켄타우로스 케이론에게 지리에 대해 배울 때 들었던 기억만 있을 뿐이었다.

"콜키스는 어디에 있나요, 스승님?"

"콜키스는 세 개의 바다를 지나간 뒤 태양이 찬란하게 떠오르는 곳, 프로메테우스가 바위에 못 박혀 있는 바로 그곳에 있단다."★

콜키스에 대한 이야기는 비유적인 것과 실제 사실이 섞여 모두 다 황당하기 짝이 없었다. 게다가 그들이 헤쳐 나가야 하는 머나먼 바다에 대한 소문도 만만치 않았다. 소문이란 것이 원래 한 사람의 입을 거칠 때마다 팔다리가 하나씩 더 생기는 법이다. 그러나 아르고호의 영웅들은 오히려 그런 소문들을 즐겼다. 모두들 무서워하고 두려워하는 바다에 도전해보고 싶은 마음도 들었다. 젊고 용맹한 그들은 모두 자신감에 넘쳤다.

"어떤 괴물이든지 만나면 단번에 무찔러버리겠어."

"맞아. 아무리 거센 비바람과 폭풍우도 우리 앞에서는 문제가 안 되지."

남자들끼리 우정을 다지면서 배 안에는 항상 유쾌한 기운이 떠돌았다. 그렇게 한없이 바다를 항해하다 보니 보급이 필요해졌다. 배에 실은 먹을 것과 입을 것 등 각종 물자가 떨어진 것이다. 당시에는 연안 항해를 했던 터라

여기서 잠깐!!

'세 개의 바다'라는 말로 콜키스의 위치가 어디쯤인지 대충 짐작할 수 있어. '세 개의 바다'란 지중해, 마르마라해, 그리고 흑해를 가리키는 것으로 보여. 이 세 바다는 각기 크기가 다르고 분명히 구분되어 있어. 흑해에 접해 있는 나라 중 조지아라는 곳이 있는데, 이 나라에는 이아손에 대한 전설이 많이 전해지고 메데이아의 동상까지 세워져 있다고 해. 특히 주목해야 할 것은 마르마라해인데, 흑해와 에게해 사이에 있는 가장 작은 바다야. 하지만 면적은 작아도 가장 깊은 바다지. 깊은 바닷속에서 지진이 자주 일어나서 지각 변동이 심한 곳이야. 고대인들은 이 같은 자연재해를 겪어내면서 수많은 이야기를 만들어냈어.

중간 기착지를 거쳐가며 물자를 보급해야 멀리까지 갈 수 있었다.

기나긴 항해에 지칠 무렵, 그들 앞에 섬이 하나 나타났다. 그 섬의 이름은 렘노스. 처음 만난 기착지치고는 너무나도 무서운 유혹이 기다리고 있었다. 그것도 한창 혈기왕성한 건장한 남자들이 쉽게 빠질 수밖에 없는 유혹이었다. 그곳은 바로 여자들만 사는 섬이었다. 그 섬에 대한 소문은 온 그리스에 널리 퍼져 있었다.

"아, 저곳이 말로만 듣던 여자들의 섬 렘노스로군."

영웅들은 멋모르고 신나 했다.

"여자들만 있다고? 듣던 중 반가운 소리로군."

"정신 나간 소리 하지 마. 저 섬에 내리려면 목숨을 내놓아야 돼."

"무슨 말이야?"

렘노스섬의 여인들은 그 어떤 남자들보다 거칠었다. 그렇지 않으면 자신들을 지켜내는 것이 어려웠을 것이다. 섬의 여인들은 전쟁이 벌어지면 잔인하게 보복하고 끝까지 쫓아가 싸우는 것으로 유명했다. 무슨 이유인지 렘노스섬의 여인들은 섬에서 남자들을 모두 쫓아내고 여자들만의 왕국을 건설해놓았다. 그런 이유로 많은 남자들이 그 섬을 노리고 빈번하게 상륙했다.★ 렘노스섬에 상륙하는 남자들의 목적은 단 하나였다. 여자들을 차지하고 마음껏 즐기는 것. 크고 작은 침략이 있을 때마다 여자들은 단결해서 남자들을 무찔렀다. 지형지물을 제 손바닥처럼 잘 아는 데다 모두 한 몸처럼 단결했기에 가능한 일이었다. 거듭되는 침략에 이곳 여인들은 남자라면 치를 떨었다.

"남자들이 아예 발도 못 붙이게 해야 돼."

"남자들은 모두 우리의 원수야."

"맞아."

"우리의 평화로운 삶을 방해하는 괴물 같
은 남자들을 하나도 남겨둬선 안 돼. 우리 섬
에 발을 디딘 자는 모두 죽여버리자."

"그래, 어떤 희생을 치르더라도 우리 섬을
지켜야 해."

침략을 받을 때마다 여인들은 이렇게 무시
무시하게 결의를 다졌다.

어느 날, 저 멀리 수평선에서부터 렘노스섬
으로 배가 한 척 다가왔다. 여인들은 그 배를
눈여겨봤다. 바로 아르고호였다.

"배가 다가오고 있다!"

여인들은 칼과 창과 방패로 단단히 무장한
채 항구 쪽으로 내려갔다. 여인들을 이끄는 자
는 여왕 힙시필레였다. 힙시필레는 말했다.

"모두들 무기를 들고 전열을 갖춰라. 이번
에 우리 섬을 침략하려는 사내놈들도 일사불
란하게 물리치자."

그러는 사이, 아르고호는 섬에 서서히 가까
워졌다. 이윽고 배에 탄 사람들의 얼굴을 확인
할 수 있을 정도가 되었다. 여인들은 손에 쥔

여기서
잠깐!!

렘노스섬의 여인들은 아프로디테를
섬기지 않았어. 그 때문에 벌을 받
아 몸에서 악취가 진동해서 남자들
이 동침하지 않으려고 했대. 이 섬의
남자들은 여자들이 잡아온 포로나
다른 섬의 여인들과 사랑을 나눴어.
그에 화가 난 여자들은 섬 안의 모든
남자들을 죽여버렸지. 이때 이 나라
를 다스리던 왕 토아스도 죽었어야
하는데 딸 힙시필레가 몰래 빼돌려
서 살려줬다는 이야기도 있어. 아무
리 여인들의 우두머리였지만 자신
의 아버지까지 죽일 순 없었던 거지.

창에 힘을 주었다. 바보가 아닌 이상 누구든 자신들을 환영하는 분위기가 아니라는 것을 알아챌 수 있을 정도로 여인들의 기세는 험악하기 그지없었다.

"저 여인들 좀 보게. 우리를 노려보고 있군. 모두 조심해야겠어."

이아손은 경계했지만, 그런 여인들을 보며 배 안에는 가소롭다는 분위기가 흘렀다.

"그래 봤자 여자들이잖아요."

그러나 섬과 점점 가까워지면서 여인들이 들고 있는 칼과 창과 방패가 번쩍이는 것을 보며 영웅들은 조금씩 긴장했다. 무기 상태를 보니 여인들의 정신 상태나 사기가 어느 정도인지 짐작할 수 있었기 때문이다. 날카롭게 벼려진 무기를 들고 있는 것을 보니 엄청난 훈련을 이겨낸 숙련된 군사들이라는 것을 알 수 있었다.

"아무 짓도 하지 않았는데, 우리를 보고 왜들 저렇게 잔뜩 경계하는거지?"

"오랫동안 남자들에게 증오심을 쌓아온 게 분명해."

이런저런 이야기를 하는 동안에도 배는 계속 항구로 다가갔다.

"우리는 저들과 싸우러 온 게 아니네."

이아손은 영웅들에게 말했다.

"저들을 설득해 모든 것을 대화로 풀어야 해. 저들을 설득하려면 말을 잘하는 자가 필요하겠군."

아르고호에는 다양한 능력을 가진 영웅들이 타고 있었다. 그중에 말을 잘하는 영웅이 있었으니, 그의 이름은 에키온이다. 에키온의 아버지는 헤르메스다. 제우스의 명령을 받아 이곳저곳 다니며 그의 뜻과 의지를 전하다 보니 헤르메스의 말솜씨는 그 어느 신도 당해낼 수 없었다. 그 피를 물려받은 에키온이었기에 당연히 말솜씨가 뛰어났다. 에키온은 당당하게 앞으로 나섰다.

"대장, 내가 저 여인들을 설득해보겠습니다. 우리의 목적지를 밝히고 우리에게 필요한 것은 단지 약간의 식량과 물 같은 보급품, 그리고 휴식이라는 것을 조리 있게 이야기하면 적대적인 태도를 보일 리 없습니다."

에키온의 말솜씨는 온 그리스에 정평이 나 있었다. 에키온이 팥을 콩이라고 하면 사람들이 모두 믿을 정도였다.

"그대의 세 치 혀에 모든 것이 달려 있네."

에키온은 배에서 가장 높은 곳에 올라서서 점점 가까워지는 항구를 바라보았다. 그런 에키온의 모습을 본 여인들은 모두 배를 잡고 웃기 시작했다.

"하하하, 저자가 우두머리인 모양이다. 저렇게 볼품없는 자가 무리의 대장이라니, 나머지들이 어떤지 안 봐도 알겠구나. 하하하하."

여인들은 저렇게 큰 배를 이끄는 선장이라면 당연히 어마어마한 덩치에 단단한 근육을 자랑하는 거친 자일 거라고 생각했는데 곱상한 외모의 에키온을 보니 깔보는 마음부터 들었다. 하지만 에키온은 이런 일을 많이 당해본 터였다. 광장에서 사람들에게 이야기하려다가 계란이나 돌을 맞은 적도 있었다. 그런 상황에서 대거리하지 않고 가만히 있으면 사람들은 도리어 궁금해져서 결국 조용해지게 마련이었다.

"……."

한참 떠들고 조롱하던 여인들이 이윽고 조용해졌다.

"잠깐만. 저자가 무슨 말을 하려는 모양이야."

"어디 뭐라고 하는지 이야기나 들어보자."

"그래. 그래."

웅성대는 소리가 가라앉자 에키온은 마침내 얼굴에 다정한 미소를 띠고 입을 열었다. 그의 미소 역시 아버지 헤르메스에게 물려받은 것이다. 낯선 자들에게 말을 붙일 때 가장 좋은 방법은 미소로 접근하는 것이다.

"여러분, 제 이야기를 들어주시겠습니까?"

"무슨 이야기를 하려는 거야? 사내놈들아, 어서 썩 꺼져라."

"우리 섬에 발만 디뎌봐. 발모가지를 뎅강 잘라버릴 거야."

다시 한번 야유와 조롱이 파도처럼 일었다. 에키온은 다시 조용히 입을 다물었다.

"……."

한참 뒤 다시 흥분이 가라앉자 에키온은 조용히 말했다.

"제 말을 들을 준비가 안 되어 있는 것 같습니다."

"준비는 우리가 하고 싶을 때 할 거다."

"네놈이 뭔데 준비해라 마라 하는 거야?"

또다시 파도처럼 욕설과 야유가 쏟아졌다.

"……."

몇 번이나 시비를 걸어도 에키온은 표정의 변화도 없이 여인들을 그

욱하게 내려다보기만 했다. 한마디로 아무런 적의가 없으며 그들과 소통할 준비가 되어 있음을 보여준 것이다. 여인들은 무슨 소리를 해도 에키온이 흔들리지 않자 조용히 입을 다물고 그를 바라봤다.

"여러분이 낯선 자들을 경계하는 것은 당연합니다. 하지만 우리가 왜 이곳까지 왔는지 무엇을 원하는지는 들어줄 수 있을 정도의 예의는 갖춘 분들 같습니다만……."

이 말은 의외로 효과가 있었다. 누구나 자신이 예의 바른 사람이라고 생각하기 때문이다. 몇몇 여인들이 함부로 떠들어대려는 여인들의 입을 막았다.

"조용히 해봐. 이야기한다잖아. 교양 없이 왜 그래?"

마침내 들을 준비가 되어 있다는 듯이 자신을 바라보는 수백 명의 여인들을 보며 에키온은 입을 열었다.

"여왕님, 제가 한마디 말씀드릴 수 있도록 허락해주시겠습니까?"

에키온이 보기에 왕관을 쓰고 우아한 옷을 입은 채 맨 앞에 서 있는 여자가 여왕인 것 같았다. 힙시필레가 허락했다.

"좋다. 할 말이 있으면 어서 하고 당장 꺼져라. 허락 없이 이 땅에 발을 디디면 목숨이 끝장날 줄 알아라."

역시 사나운 여자들의 여왕다웠다. 할 말 있으면 하라는 허락을 받자 에키온은 고개를 끄덕였다. 금방이라도 말문을 열 것 같았지만 그는 아무런 말도 하지 않았다. 웅성대던 소리가 완전히 잦아들어도 그는 입을 열지 않았다. 무려 10여 분간 그는 그 자리에 우뚝 서서 조용히 미소만 지을 뿐이었다.

"왜 저러는 거야? 왜 아무 말도 안 하는 거지?"

"말하겠다고 했잖아. 궁금해 죽겠네."

10분 동안 말 한마디 하지 않는 것으로 에키온은 여인들을 완전히 제압했다. 이제 칼자루는 에키온에게 넘어갔다.

"무슨 말이든 좀 했으면 좋겠어."

"그러게. 말하겠다는 사람이 왜 저래?"

여인들은 언제 그랬냐는 듯 에키온이 무슨 말을 할지 궁금해하며 그가 입을 열기만을 기다렸다.

"……."

여인들이 답답해서 미칠 지경이 될 때까지 에키온은 가만히 기다렸다. 마침내 무슨 이야기를 해도 들을 준비가 된 것처럼 보이자 에키온은 입을 열었다.

"우리는 큰 뜻을 가지고 머나먼 이올코스에서 이곳까지 항해해 왔습니다. 황금 양털을 찾으러 콜키스로 가고 있지요. 우리 배의 이름은 아르고호입니다."

그는 유려한 말솜씨로 그들의 사정을 이야기했다. 여인들은 금세 그의 이야기에 빠져들었다. 온 그리스가 기근에 빠져 힘들어졌다는 것과 황금 양털을 찾아오는 순간 풍요가 넘칠 거라는 말에 관심을 갖지 않을 사람은 없었다. 여인들의 궁금증을 충분히 풀어준 후 그는 입을 열었다.

"우리는 어떠한 위협과 어려움도 극복할 준비가 되어 있습니다. 죽을 각오까지도 되어 있지요. 나쁜 뜻은 없습니다. 우리는 이곳에 누굴 해코지하려고 온 게 아닙니다."

그의 이야기를 들은 여인들은 웅성거렸다.

"정말 나쁜 마음을 가지고 온 것 같지는 않아. 사람들의 얼굴이 선량해 보이잖아."

"맞아. 맞아."

달라진 분위기를 읽은 에키온이 말했다.

"그러니 우리를 도와주십시오. 우리와 친구가 될 것인지, 선한 뜻을 가지고 항해하는 우리를 적으로 만들 것인지는 여러분이 판단할 일이지요."

긴 이야기이지만 여인들은 에키온의 부드럽고 유려한 말투에 다 넘어갔다. 부드럽고 감미로운 목소리로 자신의 뜻을 완곡하고 정확하게 전달하는 그의 화술에 여인들의 마음을 가득 채우고 있던 증오심과 배타심은 눈 녹듯 사라졌다. 여기저기서 수군대는 소리가 들리기 시작했다.

"저 사람은 신의 아들인가?"

"헤르메스 같아."

"아니야. 아폴론일 거야."

"어쩌면 제우스의 아들인지도 몰라."

"저 사람의 말을 듣다 보니 온몸이 녹아버릴 것 같아."

그의 이야기를 들으며 여인들은 모두 무장해제되었다. 게다가 에키온 옆에 서 있는 영웅들의 모습은 그야말로 늠름했다. 하나같이 남자답고 씩씩해 보였다. 여인들은 모두 여왕을 바라봤다. 어찌하면 좋을지 처분을 기다리는 거였다. 이때 분위기를 파악한 에키온이 한마디 더 했다. 쐐기를 박으려는 거였다.

"자, 결정을 내려주십시오. 모든 결정권은 여러분에게 있습니다. 여러분이 망설이는 것도 충분히 이해합니다. 지금이라도 떠나라고 하면 우리는 다른 섬으로 가겠습니다. 아마 그곳에서는 우리를 따뜻하게 맞아주겠지요. 이곳을 떠나라고 해도 여러분을 원망하지 않겠습니다. 여러분의 입장을 충분히 이해하니까요. 그저 무엇이 되었든 결정을 내려주시기 바랍니다."

그 말에 여인들은 애가 탔다. 이 이방인들을 따뜻하게 맞아주지 않으면 큰일이 날 것만 같았다.

"저들을 받아줍시다. 우리나라에 들어오게 허락해줍시다."

"초대해서 잔치를 열어줘요."

하지만 힙시필레 여왕은 계속 고민했다. 선량해 보이는 모습에 속아 섬에 상륙하게 해주었더니 태도가 돌변하는 남자들을 많이 봐왔기 때문이다. 사실 여인들로선 아르고호의 영웅들이 해적인지 영웅인지 알수 없었다. 배를 타고 지나가는 자들은 그들 입장에서는 영웅이지만, 노략질을 당한 피해자들의 입장에서는 해적이기 때문이다. 에키온의 감언이설에 쉽게 넘어가서는 안 될 일이었다. 힙시필레는 말했다.

"잠시 시간을 주시오. 우리끼리 의논해봐야겠소."

에키온은 양팔을 벌리며 말했다.

"얼마든지 기다리겠습니다. 좋은 결과를 바랄 뿐입니다."

에키온의 태도는 여전히 부드럽고 평온했다.

힙시필레는 자신의 측근들을 모아 의견을 물었다.

"저자들이 아주 공손하게 말하고 있지만 너무 믿어서는 안 될 것 같습니다."

"하지만 저렇게 간곡하게 부탁하는데 무조건 몰아내는 것도 예의는 아닌 것 같습니다."

"섬으로 끌어들이지 말고 물과 포도주 등 먹을 것을 이 바닷가로 가져와 배에 싣게 한 뒤 돌려보내는 게 어떻겠습니까? 그게 가장 현명한 방법이고, 우리의 안전을 지키는 방법 같습니다. 절대 저들이 우리 땅에 들어오지 못하게 해야 합니다."

찬성 의견도 있고, 반대 의견도 있었다. 힙시필레는 고개를 끄덕였다. 섬의 안전을 지키기 위해 신중하게 고민하는 모습이 여왕다웠다. 이때 늙은 여인 폴릭소가 의견을 내놓았다.

"여왕 폐하, 제 의견을 들어주십시오. 늙은 유모의 말을 들어주세요. 여왕이 되신 후에도 항상 제 의견을 존중해주시지 않았습니까?"

"맞아, 유모. 유모의 의견은 늘 지혜롭지."

"제 말씀을 들어보세요. 저는 무엇이 옳고 그른지 구분할 수 있을 정도로는 나이를 먹었답니다. 제가 보기엔 이 사내들을 무조건 받아들여야 됩니다."

"왜 그렇게 생각하지?"

"생각해보십시오. 이들은 우리에게 온 신의 선물입니다."

"신의 선물이라고?"

"저들은 젊고 건강한 남자들입니다. 저들이 곁에서 우리를 지켜준다면 우리 섬은 여자들만 사는 섬에서 벗어나 다른 섬들과 비슷해지지 않겠습니까? 남자와 여자가 어우러져 살면서 아이들을 낳으면 우리나라는 영원히 이어져 나갈 겁니다. 여자들끼리만 살다 보니 아기 울음소리를 들은 게 언제인지 기억나지도 않습니다. 이런 상태가 계속된다면 우리는 머지않아 소멸하고 말 겁니다. 다른 섬에서 여자들을 데려오는 것도 한계가 있지 않습니까? 계속 아이를 낳고 키워내야 우리 섬이 이어질 수 있습니다. 저렇게 멋진 영웅들을 그냥 돌려보내다니요? 제 눈에 저들은 더없이 선해 보입니다. 저들을 이곳에 머무르게 하세요. 손님으로 맞아들이고, 더 나아가 우리의 남편과 우리 섬의 기둥이 되게 하십시오. 저들이 함께한다면 우리 섬은 부와 행복과 무엇보다도 생명력으로 가득 차게 될 겁니다."

들어보니 틀린 말이 하나도 없었다. 늙은 유모가 지적한 것은 안 그래도 모든 여인들이 두려워하고 있는 문제였다. 남자가 그립기도 했고, 이대로 나이 들어 더 이상 아기를 낳을 수 없게 될까 봐 걱정되기도 했다. 여인들의 우두머리인 힙시필레는 결단을 내렸다.

"알았어요, 유모. 유모의 말은 항상 옳지. 내 생각도 그래요. 여인들만 있는 곳에서 여왕을 한들 무슨 소용 있겠어?"

힙시필레는 당당하게 배가 있는 항구 쪽으로 가서 큰 소리로 우렁차게 외쳤다.

"그대들을 환영하오. 우리는 그대들을 기쁘게 맞이할 뿐만 아니라 이 섬에서 안전하게 지낼 수 있게 보장하겠소."

"만세!"

옆에 있는 여인들이 외쳤다. 아르고호의 영웅들도 강철 같은 팔뚝을 휘두르며 환호성을 질렀다.

"야호!"

이제 남은 것은 축제였다. 영웅들은 배에서 내려와 환호하는 여자들과 어울려 어깨동무를 하고 뭍으로 걸어 들어갔다. 그런데 이때 배를 지키겠다고 아르고호에 남은 자가 있었다. 헤라클레스와 그의 제자 힐라스*였다. 헤라클레스가 말했다.

"모두들 다녀오게. 내가 아르고호를 지키고 있겠네."

"헤라클레스, 함께 가시지요."

"아닐세. 나는 아직 죄를 씻지 못했어. 내 아이들을 죽이고 아내와 헤어진 이 죄는 쉽게 씻을 수 없다네. 아직 반성해야 하는 처지에 여인들과 함께 웃고 떠들며 즐기다니. 신들도 그런 건 용서하지 않을 거야."

이 모험을 속죄의 일부로 여기는 헤라클레스는 그가 원하는 대로 배에 남았다. 아르고호의 영웅들은 렘노스섬에서 모두 크게 환영받는 손님들이 되었다. 섬 곳곳에서 영웅들을 보기 위해 한껏 치장하고 가장 아름다운 옷을 꺼내 입은 여인들이 몰려왔다. 영웅 중 한 사람이라도 유혹해서 사랑을 나누고 싶었던 여

여기서 잠깐!!

힐라스는 헤라클레스가 그의 아버지 테이오다마스를 죽인 뒤 데리고 다니면서 잔심부름도 시키고 가르침도 주는, 헤라클레스의 애제자였지. 당시 그리스에서는 영웅이나 영향력 있는 성인이 젊은 청년을 애인처럼, 제자처럼 데리고 다니며 많은 것을 가르쳐주는 풍습이 있었어. 이런 풍습을 '파이도필리아'라고 해. 남자가 남자를 애인으로 삼는 게 그리스에서는 크게 이상한 일이 아니었어. 자기 분야에서 뛰어난 성과를 일궈낸 이가 제자를 기르는 것은 어찌 보면 먼저 배운 자의 의무이기도 하다는 생각이 들어. 뛰어난 기술이나 지식을 자기 혼자 품고 지키려는 사람은 옹색한 인간 같아.

인들은 간절한 눈빛으로 아르고호의 영웅들을 바라보았다.

그때부터 매일 밤 잔치가 벌어졌다. 잔치는 영원히 끝날 것 같지 않았다. 영웅들은 밤낮없이 먹고 마시며 즐겼다. 수없이 많은 여자들이 그들을 유혹했다. 낙원이 있다면 바로 이곳 같았다. 환락과 풍요의 밤이 이어졌다. 아르고호의 영웅들은 어느새 자신들의 의무와 목적을 잊어버리고 말았다. 바다에 정박한 아르고호를 헤라클레스가 지키고 있다는 것을 알고 있었지만 누구도 그 배로 돌아가 거친 파도를 헤치고 짠물을 마시며 대양으로 나갈 생각을 하지 않았다. 그러나 점점 시간이 흐르면서 영웅들이 마음은 무거워졌다. 그들은 한두 명씩 자신과 사랑에 빠진 여인들에게 이렇게 묻기 시작했다.

"나는 언제든 떠나야 하는데 어떻게 생각하오?"

"가지 마세요. 당신이 떠나면 어떡해요? 저는 벌써 당신의 아기를 가졌어요."

이곳저곳에서 난리가 났다. 떠나겠다는 남자들을 여인들이 순순히 놔줄 리 없었다. 리더인 이아손 역시 아름다운 힙시필레와 사랑에 빠져버렸다. 힙시필레는 기회가 있을 때마다 말했다.

"그대들이 떠나지 않으면 좋겠어요. 그대들이 있으니까 이 섬이 비로소 제대로 돌아가는 것 같아요. 얼마 되지 않았지만 우리 섬의 여인들은 그대들을 사랑하게 되었답니다. 영원히 이곳에 머물며 아름다운 여인들과 가정을 꾸려주세요. 그러면서 아기도 많이 낳고 행복하게 살자고요."

물론 이런 이유도 있었지만, 힙시필레의 속셈은 다른 데 있었다. 남자들을 사랑하게 된 것도 사실이지만 주변의 다른 섬에서 쳐들어오더라도 튼튼한 남자들이 있으면 언제든 방어할 수 있기 때문이었다. 게다가 이들은 그리스를 대표하는 뛰어난 영웅들이었다. 몇 개월 겪어보면서 이들은 귀한 신랑감이며 한 나라를 떠받들 만한 든든한 재목이라는 생각이 들었다. 힙시필레뿐만 아니라 섬의 여인들은 점점 더 적극적인 모습을 보였다. 하지만 아르고호의 영웅들은 힙시필레와 여인들의 그러한 다그침에 확실하게 대답할 수 없었다.

"대답해주세요. 우리와 영원히 함께하겠다고요, 네?"

여인들은 영웅들의 팔과 목에 매달려 애원했다.

"어서 대답해주세요. 약속해주세요. 우리와 함께 이곳에서 영원히 살아요."

하지만 어느 영웅도 고개를 끄덕이지 않았다. 자신들의 임무와 자신들의 뜻을 아주 잊어버린 것은 아니었기 때문이다. 그러나 시간이 흐르면서 그들의 마음속에선 황금 양털을 찾으러 떠나야 한다는 생각이 점점 희미해지고 있었다. 확실치도 않은 목표를 달성하기 위해 매일 맛있는 음식을 먹고 향기로운 포도주를 마시며 아름다운 여인들과 함께 지내는 행복한 삶을 포기한다는 것은 쉽지 않은 일이었다. 그들은 이대로 렘노스섬의 이름 없는 사내들로 끝날 것만 같았다. 하지만 이럴 때 항상 선각자가 나타나는 법이다. 아르고호에서는 한 남자가 분을 삭이지 못하고 있었다.

'대체 이자들은 언제 돌아오는 거야. 여자들의 품에 빠져서 헤어날 줄 모르는구나. 필요한 물품만 챙겨 가지고 금세 돌아올 거라더니, 한심

하기 짝이 없어.'

이렇게 분노를 토로하는 남자는 바로 헤라클레스였다. 그는 참을성을 발휘해서 한참 동안 기다렸다. 긴 항해에 지친 사내들이 쉬고 여유를 즐길 수 있도록 기다려준 것이다. 하지만 저 멀리 보이는 도시의 성곽에 몇 달째 밤새도록 불이 환하게 밝혀져 있는 것을 보면서 헤라클레스는 도저히 참을 수 없었다. 인내심이 다하자 안 그래도 다혈질인 헤라클레스는 배에서 뛰어내렸다.

"에잇! 안 되겠다."

그날도 한창 잔치가 벌어지고 있었다. 영웅들이 여인들과 어울려 부어라 마셔라 술에 진탕 취해 떠들고 있는데 궁전 문이 벌컥 열렸다. 와장창 소리가 나서 모두들 돌아보니 찬바람을 등에 업은 헤라클레스가 서 있었다. 그를 본 순간, 모두 술이 확 깨는 것 같았다. 헤라클레스는 술에 취해 바닥에 누워 있거나 비틀거리는 영웅들을 보며 혀를 찼다.

"이게 무슨 한심한 꼴인가. 정말 부끄럽군. 황금 양털을 가져오겠다며 너희 같은 놈들과 한 배에 타기로 결심하다니, 내 발등을 도끼로 찍고 싶은 심정이다. 이것이 그대들의 목표인가? 이것 때문에 울고불고하는 부모님을 뿌리치고 배에 올랐단 말인가? 먼 훗날 사람들이 영웅이랍시고 쉰 명이나 되는 남자들이 배를 타고 떠났다가 그저 어느 섬에서 애 아버지가 되고 한 가정의 일꾼이 되었다고 이야기하는 소리를 정말 듣고 싶은 것인가?"

영웅들은 벼락 맞은 것 같은 충격을 받았다. 헤라클레스는 이아손을 손가락질하며 말했다.

"이아손, 그대는 정말 영웅이 맞는가? 고귀한 일을 하겠다고, 위대한 일을 하겠다고 떠들고 다니지 않았던가? 그 말에 이 많은 영웅들이 몰려들었지. 그 영웅들 중에 추리고 추린 자가 바로 그대 아닌가? 이아손, 그대는 어찌해서 이런 상황이 될 때까지 가만히 있었단 말인가? 이런 그대들이 뛰어난 영웅이라는 칭송을 듣다니, 내 얼굴이 다 뜨겁군. 자네들은 실수로 이 자리에 왔을 뿐이야. 내가 한마디로 정리해주지. 자네들은 모두 똥 덩어리야!"

그 말을 듣자 이아손은 벌떡 일어났다. 정신이 번쩍 든 것이다.

"헤라클레스, 용서해주게. 차라리 우리를 죽이지 더 이상 모욕하지는 말게나. 자네 말이 맞네. 하지만 다 맞는 건 아니야. 왜냐하면 우리는 자네가 말한 대로 이곳에 눌러앉아 애 아버지가 될 게 아니기 때문이야."

주먹으로 탁자를 내리치자 탁자 위에 그득하던 음식과 술잔들이 떨어지며 요란한 소리를 냈다.

"모두들 일어나시오! 당장 아르고호로 돌아갑시다. 황금 양털이 우리를 기다리고 있소. 황금 양털을 찾아오기만을 기다리는 우리 가족들을 생각하시오."

그 말을 들은 모든 영웅들의 피가 끓어올랐다. 잔뜩 취해 바닥을 뒹굴고 있던 자까지도 벌떡 일어났다.

"가자!"

"아무렴! 우리 갈 길을 가야지."

궁전에서 뛰어나가는 영웅들을 보며 여인들은 사태를 파악하지 못하고 우물쭈물했다.

"이게 무슨 일이에요?"

"지금 어디 가시는 겁니까?"

힙시필레는 이아손에게 매달렸다.

"사랑하는 당신, 어디 가시는 거예요? 이 나라를 당신께 바치겠어요. 제발 이곳에 머물러주세요. 내 곁에 있어주세요. 그대가 우리의 왕이 되길 바랍니다."

하지만 소용없었다. 영웅들은 여자들의 말을 듣지 않으려고 귀를 막았다. 그러고는 냅다 궁전 밖으로 나와 해안가로 달려갔다. 마치 괴물이 쫓아오기라도 하는 것처럼 허둥지둥 뛰어갔다. 식량이나 물 등 필요한 물자도 싣지 못한 채 그들은 무작정 배 위로 올라갔다. 너무나 부끄러웠다. 다행히 사려심 깊은 몇몇 여인들이 쫓아왔다.

"잠깐만 멈추세요. 여기 물과 식량을 가져왔어요. 제발 이것만이라도 가지고 가세요. 저희들이 준비한 작은 정성이에요."

여인들은 먹을 것과 물을 배에 실어주었다. 어차피 떠날 거라면 그들의 안전을 빌어주고 싶었다.

"돌아오는 길에 꼭 이곳에 들러주세요. 당신을 기다리겠어요. 임무를 다한 뒤, 당신이 목표한 바를 모두 이룬 뒤 이곳에 와서 나와 결혼해주세요."

영웅들이 모두 배에 올라탄 것을 확인한 헤라클레스는 마지막으로 배에 올랐다. 뒤에서 수없이 많은 여인들이 눈총을 주었지만, 헤라클레스는 눈썹 하나 까딱하지 않았다.

"아이고! 이제 가면 언제 오나요?"

"가지 마세요! 흑흑!"

바닷가는 여인들이 통곡하는 소리로 가득
찼다. 모처럼 마음에 드는 남자를 만나 사랑을
나누고 행복했던 여인들은 이제 그 모든 것이
끝났다는 생각에 금방이라도 죽을 사람들처
럼 흐느꼈다.

"이제 아이를 낳을 텐데 어떻게 하나요?"

"우리 아이는 아버지의 얼굴조차 알 수 없
겠군요."

여기저기 배를 감싸안은 여인들이 보였다.
아버지의 얼굴을 한 번도 보지 못할 아기를
낳는 것. 안타깝지만, 이것이 렘노스 여인들의
운명이었다.

쾌락과 즐거움은 끝났다. 아르고호는 환하
게 불을 밝히고 어두운 밤바다를 미끄러져 나
갔다. 여인들이 통곡하는 소리는 그 뒤로도 한
참 동안 이어졌다.★

여기서
잠깐!!

아르고호는 렘노스섬에 1년도 넘게
머물렀다고 해. 힙시필레가 이아손
의 아들 형제를 낳았다는 것을 보면
아무리 짧게 잡아도 1년 이상은 머
물렀던 것으로 보여. 이 이야기는 중
요한 의미를 갖고 있어. 아무리 숭고
한 이상과 목표도 본능과 쾌락에 금
세 아무것도 아닌 게 될 수 있으니
경계하라는 의미가 있지. 그런데 조
금만 달리 생각하면 세속적 쾌락에
빠졌어도 정신을 차리고 누군가의
깨우침을 받아들이기만 하면 언제
든지 떨치고 일어나 큰 뜻을 이룰 수
있다는 것을 보여주기도 해. 이렇게
신화는 어떻게 해석하느냐에 따라
우리에게 다양한 가르침을 주는 것
같아.

5

떠나는 영웅들

　항해는 계속 이어졌다. 영웅들은 쾌락에서 벗어나 금세 제정신을 차렸다. 자신들의 목적을 잊고 잠시 유혹에 빠졌던 것을 부끄러워하며 그들은 더욱더 열심히 노를 저었다. 그러나 곧 새로운 난관이 닥쳐왔다. 그것은 바로 헬레스폰토스해협을 통과하는 것이었다. 이곳은 바닷사람들 사이에서 악명 높은 곳이었다. 이 지역을 장악하고 있는 트로이아의 라오메돈* 왕이 어떠한 배도 자신의 허락 없이 통과하지 못하도록 하고 있었기 때문이다. 트로이아의 악명은 오래도록 쌓여왔다. 좋은 길목을 차지하고 있다는 이유로 수없이 많은 배들을 괴롭히고 사람들을 협박해왔던 것이다. 이 원한이 쌓여서 후일 트로이아 전쟁이 일어나게 된다. 이아손은 선원들에게 말했다.

"어쩔 수 없군요. 이제 전쟁을 준비해야 될 것 같습니다."

아르고호의 영웅들은 주변 섬들에 들러 정보를 수집했다. 사람들은 모두 부정적인 이야기만 했다.

"라오메돈 왕을 이길 순 없을 겁니다."

"맞습니다. 배들이 물 샐 틈 없이 해협을 지키고 있거든요."

"수없이 많은 배들이 그곳에서 침몰하고, 선원들은 끌려가 노예가 되었습니다."

결코 쉬운 일이 아니었다. 리더인 이아손은 망설였다. 어떻게 해야 좋을지 알 수 없었다. 그의 목적은 황금 양털을 구해 오는 것이지만 한 사람의 영웅도 잃지 않고 무사히 항해를 마치는 것도 그에 못지않게 중요했기 때문이다. 지도자란 원래 고뇌하는 자리다. 그때 천리안을 가진 린케우스가 용감하게 일어나서 말했다.

"오늘 밤 칠흑같이 어두울 때 해협을 통과합시다. 천문을 보니 오늘은 그믐이군요. 어둠이 짙으니 조용히 빠져나가면 될 겁니다."

여기서 잠깐!!

트로이아의 초기 지배자 중 한 사람인 라오메돈은 《그리스 로마 신화》의 대표적인 악당이야. 그가 쌓은 악업 때문에 아들 프리아모스가 왕이 된 뒤 늘그막에 트로이아 전쟁이 발발하지. 라우메돈은 아폴론과 포세이돈의 도움으로 난공불락의 트로이아 성을 세웠어. 그러나 성이 완성되자 신들을 배신해버렸다. 화가 난 신들은 트로이아에 재앙을 내렸어. 아폴론은 역병이 돌게 하고, 포세이돈은 거대한 바다 괴물을 보냈지. 트로이아의 불행은 모두 이로 인해 시작되었다고 해도 과언이 아니야. 그는 또한 헤라클레스와의 약속도 어겼어. 괴물을 물리치고 딸을 구해주었지만 대가를 치르지 않자 화가 난 헤라클레스가 군대를 끌고 와 라오메돈과 그의 아들들을 다 죽여버리지. 이때 살아남은 막내아들이 바로 프리아모스야.

그 말을 들은 섬사람들은 하나같이 말렸다.

"이토록 어두운 밤에 저토록 좁은 해협을 지나가겠다니, 죽겠다는 겁니까?"

"노가 부러지거나 배가 좌초할 겁니다."

하지만 린케우스는 그런 것에 굴할 사람이 아니었다. 그는 자신의 밝은 눈을 믿었다. 자신 있었다.

"좁은 해협이나 암초 따위는 문제가 안 되오. 우리는 다 피해갈 수 있소이다."

한 번도 직접 본 적 없지만, 이아손은 그의 능력을 잘 알고 있었다.

"좋습니다. 린케우스의 도움을 받아 오늘 밤 저 해협을 통과합시다."

지혜로운 헤라클레스가 말했다.

"그렇더라도 조심해야 합니다."

"어찌 되었든 새벽이 되기 전에 해협을 통과하는 것이 관건입니다."

그들은 아르고호를 꼼꼼히 정비하고 기름진 음식을 잔뜩 먹어 배를 든든하게 채웠다. 마침내 어둠이 찾아왔다. 사방이 칠흑 같은 어둠에 싸였다. 눈을 뜨거나 감거나 마찬가지일 정도로 아무것도 보이지 않았다. 하지만 천리안을 가진 린케우스는 앞이 훤하게 보였다. 린케우스는 조금의 망설임도 없이 지시를 내렸다.

"내 지시에 따라 힘껏 노를 저으면 우리는 아무런 문제 없이 해협을 빠져나갈 수 있을 겁니다. 자, 이제 노를 저어 앞으로 나갑시다."

헤라클레스는 두 사람 몫을 충분히 해내는 훌륭한 노꾼이었다. 다른 영웅들도 모두 제 몫을 다했다. 어두운 바다를 헤쳐가면서도 영웅들은 기합 소리조차 낼 수 없었다. 평상시 같았으면 함성을 지르거나 북을 쳐서 노 젓는 속도를 조절했을 테지만, 최대한 소리를 죽인 채 캄캄한 밤중에 위험한 해협을 통과해야 했다. 모두들 입을 굳게 다물고 거칠게 숨을 몰아쉬며 노를 저었다. 그들에게 들리는 것은 린케우스가 뱃전을 두드려 신호를 보내는 소리뿐이었다. 모두들 그 소리에 맞춰 노를 저었다. 아르고호는 빠른 속도로 물살을 헤쳐 나갔다. 맨 뒤에 있는 키잡이는 린케우스의 나지막한 목소리를 따라 키를 조정했다.

"오른쪽으로 10도. 왼쪽으로 15도."

어둠 속을 꿰뚫어 보는 린케우스의 말에 따라 그들은 암초를 비켜 가고 경계하는 적들의 배 사이를 빠져나갔다. 그렇게 한참 바다를 헤쳐가니 어둠 속에 수없이 많은 배들이 떠 있는 게 보였다. 해협을 지키는 라오메돈의 전함들이었다.

"자, 이제 저 배들 사이를 빠져나가야 됩니다. 지금부터는 정말 조심해야 합니다."

린케우스는 날카로운 눈으로 잔뜩 집중했다. 그의 명령에 따라 노를 젓자 한 척의 배와도 부딪히지 않고 암초를 피해 무사히 해협을 빠져나올 수 있었다.

"드디어 해협의 끝이 보입니다!"

영웅들은 모두 나지막하게 환성을 질렀다.

"만세!"

해협을 빠져나와 큰 바다로 나올 때쯤 되자 사방에 어떤 배도 보이지 않았다. 동틀 무렵이 되어서야 아르고호의 영웅들은 자신들이 라오메돈이 철통수비하는 헬레스폰토스해협을 빠져나왔다는 사실을 알게 되었다. 모두 다 눈이 밝은 린케우스 덕분이었다. 밤새 긴장했던 그들에게는 이제 휴식이 필요했다. 오른쪽을 보니 바다로 땅이 튀어나와 있는 천연 항구가 있었다.

"저곳에서 잠시 휴식을 취합시다."

키잡이 티피스가 제안했다. 밤새 노를 젓느라 영웅들은 얼굴이 수척해졌을 정도였다. 그들은 아르고호를 세워둔 채 편안히 휴식을 취하기 위해 항구로 들어갔다. 소박한 도시들이 자리 잡고 있는 아늑한 항구는 도리오니아 땅이었다.

"낯선 배가 들어오는군요."

아르고호의 영웅들에게 공격 의사가 없다는 것을 확인한 사람들은 따뜻하게 환영해주었다. 영웅들이 배를 세워놓고 육지에 오르자 모두들 몰려와 꽃다발과 먹을 것을 건네주었다.

"환영합니다. 어서 오십시오."

"아니, 이렇게 인심 좋은 곳은 처음입니다."

"그대들은 운이 좋군요. 오늘은 특별한 날이거든요."

"오늘이 무슨 날인데 그러십니까?"

"우리들의 왕이신 키지코스 님이 결혼하시는 날입니다. 여러분을 환영합니다. 왕의 결혼식에 초대하겠습니다."

영웅들은 모두 환영받으며 궁전으로 들어갔다. 키지코스 왕은 자신의 결혼식 날 여러 영웅들이 찾아오자 기쁘게 맞으며 이아손을 자신의 바로 옆자리에 앉게 했다. 헤라클레스는 이번에도 역시 배에서 내리지 않았다. 연회를 열면 당연히 여자들이 있고, 술과 향락이 있을 것이기 때문이다. 헤라클레스가 존경받는 이유는 바로 이처럼 도덕적인 영웅이었기 때문이다. 한편, 키지코스는 그리스 전역에 이름이 널리 알려진 영웅들이 자신의 결혼식 날 마치 약속이라도 한 듯 한꺼번에 방문하자 떨 듯이 기뻐했다.

"오늘처럼 기쁜 날 이렇게 많은 영웅들이 방문해주시다니 정말 신들의 선물 같습니다. 여러분이 황금 양털을 가지고 돌아오면 그리스는 풍요로워지겠지요. 여러분의 성공을 기원합니다. 하지만 오늘은 모든 것을 잊고 맘껏 드시고 즐겁게 취하십시오."

그런데 아르고호의 영웅들이 둘러보니 연회장 옆에 갑옷과 무기를 갖춘 병사들이 서 있었다. 잔치를 즐기는 사람들조차 무슨 일이 생기면 언제든 튀어 나갈 준비가 되어 있는 것처럼 보였다. 영웅들은 의아했다.

"아니, 이 나라는 전쟁 중입니까? 왜 다들 마음 편하게 잔치를 즐기지 못하는 것이지요? 저 병사들도 무기를 내려놓고 함께 즐기는 게 어떻겠습니까?"

그러자 키지코스가 궁전 바깥으로 보이는 산꼭대기를 가리키며 말했다.

"여기에는 사연이 있습니다. 저 산 위에 우리의 행복을 방해하는 적들이 살고 있기 때문입니다."

이아손이 물었다.

"도대체 어떤 적들입니까?"

"거인족입니다. 커다란 몸집에 팔이 여섯 개씩이나 달려 있지요."

"일부러 쫓아가 괴롭히는 것도 아닌데, 거인들이 왜 그렇게 위협하는 겁니까?"

"거인들은 재미 삼아 산 위에서 커다란 바윗돌을 굴러떨어뜨리며 우리를 괴롭히고 있습니다."

말이 씨가 된다고 했던가. 그 순간, 거인들이 산꼭대기에서 커다란 바윗돌을 아래로 굴리기 시작했다. 지진이라도 난 것처럼 땅이 울리며 바윗돌들이 굴러떨어졌다.

항구에 낯선 배가 들어온 것을 본 거인들은 내기하듯 말했다.

"저 배를 한 방에 부셔버리겠어."

돌덩이들이 날아와 바다에 떨어지자 폭탄이 터진 듯 물줄기가 솟구쳤다. 모두 당황하며 어쩔 줄 몰라 했다. 잔치는 엉망진창이 되고 말았다. 모두 살기 위해 머리를 감싸고 안전한 곳으로 대피할 때였다. 이런 거인들에게 맞서는 자가 있었다. 바로 배 위에 있던 헤라클레스였다.

"저자들이 우리 배를? 용서할 수 없다."

헤라클레스는 기다렸다는 듯 화살통에서 히드라의 독을 묻혀놓은 화살을 뽑아 산꼭대기를 향해 쏘아 날리기 시작했다. 평범한 인간의 힘으로 쏘는 화살이 아니었다. 신에게 견줄 만한 능력을 지닌 헤라클레스가 쏘아 올린 화살은 까마득하게 멀리 날아가 산꼭대기에서 바윗돌을 들어 올리는 거인들을 정확히 맞혔다. 백발백중이었다. 거인들은 화살에 맞아 바윗돌처럼 굴러떨어졌다. 예상치 못한 화살 공격에 놀란 거인들은 동굴로 도망쳐 숨었다. 헤라클레스의 용맹한 모습을 보며 동료들도 정신을 차렸다.

"이렇게 후한 대접을 받았으니, 우리 모두 힘을 합쳐 저 괴물들을 무찔러주고 갑시다."

"그럽시다."

"은혜를 갚읍시다."

영웅들은 칼과 창을 들고 산으로 뛰어 올라갔다. 미처 도망치지 못한 거인들은 영웅들의 공격을 받고 죽거나 허둥지둥 도망쳤다. 헤라클레스는 계속 화살을 쏘아붙였다. 영웅들은 힘을 합쳐 동굴에 숨어 있는 마지막 거인까지 찾아내 죽여버렸다. 사람들은 이방인들이 자신들을 평생 괴롭혀온 거인들을 다 없애버리자 더없이 기뻐했다.

"만세! 만세!"

그들은 순식간에 지옥에서 천국으로 올라온 기분이었다. 며칠간 잔치가 이어졌다. 마침내 영웅들이 섬을 떠날 준비를 하는데 배를 띄울 수 없을 정도로 많은 선물이 쏟아졌다. 구석구석 물건들로 채워져 배가 기우뚱거릴 정도였다.

"이렇게 선물을 후하게 받았는데, 답례로 드릴 것이 없군요. 우리가 그리스에서 가져온 이 돌이라도 기념으로 드리고 싶습니다. 우리 배의 닻돌로 쓰던 것입니다."

영웅들은 기다란 모양의 닻돌을 기념품으로 건네주었다. 물론 더 큰 돌을 깎아서 배에 실어놓은 뒤였다. 도리오니아섬 사람들의 후손들은 아르고호의 영웅들이 남겨준 닻돌을 오래도록 보관했다.

호사다마(好事多魔)라고 했던가. 좋은 일이 있으면 나쁜 일도 있는 법이다. 즐거운 마음으로 항구에서 빠져나온 아르고호를 보면서 바다의 신들은 이들의 항해를 방해하기로 결심했다. 기다렸다는 듯 폭풍우가 몰아쳤다. 짐이 무겁다 보니 배가 기우뚱거리며 좀처럼 앞으로 나아가지 못했다. 하룻밤 내내 헤매며 제자리에서 빙빙 돌던 그들은 짐을 내다버리고서야 간신히 육지에 배를 댈 수 있었다.

"자, 이곳에서 폭풍우가 가라앉기까지 잠시 기다립시다."

"그럽시다."

아르고호의 영웅들은 배에서 내려 주변을 정찰했다. 언덕 하나를 넘자 그곳에 궁전이 있었다. 배에 실었던 먹을 것을 다 버린 터라 그들은 무척 배가 고픈 상태였다.

"저 궁전에 가서 먹을 것을 달라고 부탁합시다."

하지만 그들은 신들의 장난에 휘말려 있는 상태였다. 그곳은 자신들이 떠나온 도리오니아 궁전이었다. 그것을 알지 못하는 영웅들은 밤늦은 시간에 산을 넘어 궁전으로 다가갔다.

"엇! 어둠 속에서 적들이 접근하고 있습니다."

궁전을 지키던 군사들은 어둠을 뚫고 다가오는 건장한 사람들을 보고는 외적이 쳐들어온 것으로만 알았다. 이웃 나라 펠라스지아에서 가끔 밤을 틈타 궁전에 쳐들어왔던 것이다. 어두운 밤이라 아르고호의 영웅들을 알아보지 못한 그들은 칼과 창을 들고 돌격해왔다.

"적들이 쳐들어온다. 맞서 싸워라!"

갑자기 어둠 속에서 전투가 벌어졌다. 영웅들은 칼과 창을 휘둘렀다. 도움을 청하러 왔을 뿐인데 난데없이 성을 지키던 자들이 공격하자 맞설 수밖에 없었다. 이아손 역시 맨 앞에 있는 적의 장수에게 맞서 있는 힘을 다해 칼을 휘둘렀다. 뒤에선 이들을 도울 군사들이 달려오고 있었다. 이아손은 말을 타고 맨 앞에 달려오는 자에게 달려들었다. 치열한 전투 끝에 그를 칼로 찔러 쓰러트렸다. 그 순간, 어둠이 걷히고 동녘에서 해가 떠오르자 모두들 비명을 질렀다.

"싸움을 중지하라."

"우리는 친구들과 싸우고 있다."

"이게 어찌 된 일이냐?"

전투는 바로 멈췄지만, 이미 벌어진 일을 돌이킬 순 없었다. 여기저기에서 비탄의 목소리가 울려 퍼졌다. 죽은 자 가운데는 키지코스 왕도 있었다. 하루 전만 해도 자신들을 축복해주고 고마워했던 왕이 이아손에 의해 죽고 만 것이다. 성 안의 사람들과 아르고호의 영웅들은 모두 큰 슬픔에 빠졌다. 뒤늦게 연락을 받은 새 신부 클레이테 왕비가 허둥지둥 달려왔다. 사랑하는 남편이 죽어서 차디찬 시신이 된 것을 본 그녀는 그만 까무러쳤다.

"여보, 이게 어찌 된 일입니까?"

간신히 정신을 차린 그녀는 남편의 시신 위에 엎드려 통곡하다 그대로 피를 쏟으며 숨을 거두고 말았다. 왕과 왕비가 하루아침에 시체가 되어버린 것이다. 이보다 더 큰 슬픔과 비통은 없을 것만 같았다. 다음 날 장례식이 치러졌다. 사람들은 왕과 왕비의 시신을 장작더미에 올려놓고 화장했다. 하지만 도리오니아 사람들은 아르고호의 영웅들을 탓하지 않았다. 영웅들은 장례식에 쓰일 짐승들을 사냥해 와 제단에 올려놓고 불에 태웠다. 더 이상 기쁨과 즐거움은 없었다. 인간의 어리석음과

신들의 장난으로 인해 이렇듯 비극적인 일이 벌어진 것이다.* 도리오니아 사람들은 아르고호에 다시 물자를 보충해주었지만 영웅들에게 손을 흔들어주지는 않았다. 갑작스레 왕국을 물려받게 된 왕의 친척이 말했다.

"죽은 키지코스 왕을 기리며 우리 도시의 이름을 키지코스라고 짓겠소. 영웅들은 무사히 목적지까지 가서 부디 목표를 이루시기 바랍니다. 이런 일이 벌어진 데는 신들의 깊은 뜻이 있겠지요."

너그러운 처사였다. 노를 저어 항구를 떠나왔지만 영웅들의 마음은 편하지 않았다. 팔의 힘이 빠지는 것만 같았다. 이아손은 그런 그들에게 제안했다. 기분을 전환하기 위해 노 젓기 대회를 열자고 한 것이다.

"우리 모두 노 젓기 대회를 해봅시다."

"배가 한 척인데 어떻게 노 젓기 대회를 하자는 겁니까?"

"간단하오. 편을 갈라 노를 젓는데 우리 배가 똑바로 나아가면 양쪽이 비슷한 것이고, 어느 한쪽으로 기울면 그쪽이 진 것 아니겠소?"

맞는 말이었다. 사람들이 나뉘어 노를 저으면 힘이 없는 쪽으로 배가 돌게 마련이다. 마침 바람도 선선하고 날씨도 좋았다. 기다렸다는 듯 오르페우스가 뱃전에 올랐다. 그는 아름다운 목소리로 노래를 부르기 시작했다.

노를 저어라, 용사들이여
근육이 터질 때까지
노가 부러질 때까지

태양이 그대들을 기다린다.
노를 저어라, 용사들이여
사나이 갈 곳은 바다뿐.

영웅들은 모두 노를 젓기 시작했다. 힘세다
고 자랑하던 이들도 시간이 지나자 하나둘 나
가떨어졌다. 헤라클레스와 이아손만 끝까지
남았다. 이 둘은 마지막까지 죽을힘을 다해 노
를 저었다. 하지만 헤라클레스의 괴력을 이아
손이 이길 순 없었다. 죽기 살기로 끝까지 노
를 저었지만 결국 손에서 노를 놓치고 말았다.
그러자 헤라클레스가 키잡이에게 말했다.

"티피스, 키를 똑바로 잡아라. 나 혼자 노를
저어 이 배를 이끌겠다."

지친 영웅들이 다들 손에서 노를 놓고 헐떡
대고 있는데, 헤라클레스 혼자서 노를 젓기 시
작했다. 그는 평소 보여준 힘의 두 배를 쏟아
냈다. 사람들은 헤라클레스의 괴력에 입을 떡
벌렸다.

"영차영차!"

보고 있던 이들은 모두 그 리듬에 맞춰 박
수를 쳐주었다. 다 같이 노를 저을 때보다 빠

여기서
잠깐!!

키지코스 왕의 죽음은 《그리스 로마
신화》에서 가장 안타까운 사건 가운
데 하나야. 왜 이렇듯 비극적인 이야
기가 있는 걸까. 삶의 이치가 그렇다
는 것을 보여주려는 것이 아닌가 싶
어. 인간은 뛰어난 존재이지만 어리
석고 나약하기도 하지. 그렇기에 실
수, 착각, 오해 같은 요소들이 가끔
삶을 지배하기도 해. 그에 따른 결과
를 보여주는 것이 바로 이 이야기야.
좀 더 시각을 넓혀보면 인간은 언제
든지 신에 의해, 운명에 의해 흔들릴
수 있고, 그러다 보면 가장 행복한
일이 불행으로 변하기도 한다는 것
을 알려주는 것 같기도 해.

르지는 않지만 헤라클레스의 힘으로 배는 계속 앞으로 나아갔다. 사람의 힘이라고 보기 힘들 정도였다. 마침내 경주가 끝났다. 헤라클레스의 힘을 견디지 못하고 노가 부러졌기 때문이다. 그제야 이아손은 헤라클레스의 손을 들어 올렸다.

"그대의 힘은 인간의 능력을 벗어났습니다. 수고했습니다. 린케우스, 우리에게는 휴식이 필요합니다. 배를 댈 만한 곳을 찾아주십시오."

천리안을 가진 린케우스는 멀리 바다를 내다보더니 그들이 쉴 만한 곳을 찾아냈다. 해안가에 정박한 그들은 모래밭에 내려가 큰 대(大) 자로 누웠다. 잠시 휴식을 취한 영웅들은 주린 배를 채웠다. 헤라클레스는 부러진 노를 버리고 새로운 노를 깎을 나무를 찾으러 숲으로 들어갔다. 헤라클레스의 제자 힐라스는 물을 뜨러 따라갔다.

"힐라스, 너는 물통에 물을 가득 채워서 배로 돌아가라. 나는 쓸 만한 나무를 찾아 노를 깎은 뒤 내려가겠다."

한참 동안 숲속을 뒤지던 헤라클레스는 적당한 나무를 하나 베어서 어깨에 메고 바닷가로 내려왔다. 그런데 진작 와 있어야 할 힐라스가 보이지 않았다.

"힐라스는 아직 오지 않았소?"

"함께 가지 않았습니까?"

배에서 일하던 영웅들이 물었다.

"이런!"

헤라클레스는 당황했다.

"내 아들 같은 힐라스가 아직도 돌아오지 않았다고? 무슨 일이 생긴

게 분명하구나."

이아손도 걱정됐다. 힐라스는 아버지를 잃은 외로운 젊은이였다. 자식을 잃은 헤라클레스는 힐라스를 보면서 공감대가 형성돼 그를 아들처럼 돌봐왔다. 영웅들은 이곳저곳 흩어져 힐라스를 찾기 시작했다.

"힐라스! 어디 있는가? 힐라스!"

아무리 외쳐도 힐라스는 대답하지 않았다. 힐라스에게 무슨 일이 생긴 것만 같아 모두들 초조해졌다.

헤라클레스와 헤어진 뒤 힐라스는 맑고 수정 같은 샘을 찾아냈다. 평화가 감도는 너무나도 아름다운 샘 주위의 풍경을 보며 힐라스는 천국에 온 것만 같았다. 물통에 물을 가득 채운 뒤 그는 생각했다.

'이렇게 아름다운 풍경은 처음 봐. 이곳에서 잠시 쉬었다가 가는 게 어떨까?'

힐라스는 맑은 물을 양껏 마신 뒤 수정 같은 물속에 머리를 담그고 안을 살폈다. 형형색색의 물고기가 수초 사이에서 헤엄을 치고, 각종 조개와 새우가 어우러져 조화를 이루고 있었다.

'아, 정말 아름다운 곳이구나. 저 안에서 살면 모든 고통과 괴로움이 사라질 것만 같아.'

힐라스는 요정 드리오페가 물속에서 그의 생각을 읽고 있다는 것을 알지 못했다. 드리오페는 잘생긴 힐라스가 물가에 다가올 때부터 설레는 가슴을 억누르고 숨어 있었다. 그의 아름다운 외모에 홀딱 반한 드리오페는 물에 머리를 담그고 있는 그에게 다가가 부드럽게 입맞춤했다. 그러고는 희고 가는 팔로 그를 끌어안았다. 힐라스는 드리오페의 입맞춤에 정신을 잃었다. 그러고는 그대로 물속으로 미끄러져 들어갔다. 드리오페는 그런 힐라스를 끌어안고 놔주지 않았다. 다행스럽게도 힐라스는 드리오페의 마법으로 물속에서도 숨을 쉴 수 있었다. 그는 어느덧 요정들의 왕국에 도착했다.

"내가 멋진 신랑감을 구해 왔어요."

드리오페는 자신의 자매들과 요정들을 모두 데리고 나와 힐라스를 환영해주었다. 비로소 평화를 찾은 힐라스는 그곳에서 드리오페와 평생 함께 살기로 결심했다. 요정과 신의 입장에서 보면 힐라스는 물속 세계에서 사는 존재가 된 것이지만, 사람들의 입장에서 보면 힐라스는 익사한 거였다.

"힐라스, 어디 있나?"

"힐라스!"

사방에서 힐라스를 불렀지만 힐라스는 듣고만 있을 뿐, 물 밖으로 나와 다시 모험을 떠날 수 없었다. 영웅들은 뒤늦게 물가에 놓인 물통을 발견했다.

"아, 힐라스가 물에 빠진 모양이다."

힐라스를 구하려고 물속으로 들어가려던 헤라클레스는 힐라스가 자발적으로 물속에 들어갔다는 것을 깨달았다. 얌전한 발자국이 물가로 이어져 있었기 때문이다.

"아, 괴물이 끌고 들어간 게 아니야. 물의 요정에게 이끌려 들어간 것 같아."

헤라클레스는 잠시 멍해졌다.

"힐라스는 요정과 함께 행복하게 살기로 결심했나 보군. 우리는 그만 돌아가도록 하세."

이아손의 말에 헤라클레스는 가슴이 아팠다. 하지만 그것이 힐라스의 운명이었다. 이렇게 해서 힐라스는 드리오페의 연인이자 요정이 되어 물속에서 함께 지내게 되었다. 영웅들은 신의 뜻에 따라 힐라스를 포기했다. 상심한 헤라클레스에게 그날 밤 헤르메스가 찾아왔다. 헤르메스는 헤라클레스에게 말했다.

"헤라클레스, 이아손과 함께하는 당신의 모험은 여기서 끝났소."

"그게 무슨 말씀이십니까?"

"그대는 제우스 신의 아들이오. 주어진 과업을 수행하기 위해서 이제는 육지에 올라 밤하늘의 별자리를 보고 당신만의 길을 떠나야 하오. 당신은 그리스로 돌아가서 갖은 모욕과 고난을 이겨내야 할 운명이오. 그리고 엄청난 일을 해내야 하오."

"아, 그러면 황금 양털은 저의 과업이 아닙니까?"

"그건 이아손의 과업이오. 그대는 이곳에서 떠나 그대만의 과업을 수행해야 하오. 제우스 신이 만들어놓은 길을 따라가야 하오. 동료들은 걱정하지 마시오."

할 말을 마친 헤르메스는 사라져버렸다. 헤라클레스는 영웅들과 계속 함께하고 싶었지만 신의 뜻이 그렇다면 어쩔 수 없었다. 그리스로 돌아갈 마음이 전혀 없었지만 동료인 포이아스에게 이 사실을 조용히 말했다.

"포이아스, 나는 신들의 명에 따라 이 여행에 더 이상 동참할 수 없게 되었다네."

포이아스는 바로 짐을 쌌다.

"위대한 헤라클레스, 함께 가십시다. 나는 그대를 위해 목숨을 바칠 준비가 되어 있습니다."

그들은 다른 영웅들이 동요하지 않게 하기 위해 소리 없이 길을 떠났다. 이때부터 헤라클레스는 자신에게 주어진 열두 가지 과업을 수행하게 된다.

다음 날 아침, 이아손은 사라진 영웅들을 애타게 기다리며 그들의 이름을 불렀다.

"헤라클레스! 포이아스!"

아무리 기다려도 그들의 대답은 들리지 않았다. 이아손은 결단을 내렸다.

"자, 우리는 이제 떠나야 하오. 그들을 더 이상 기다릴 수도 없고, 그들을 데리러 갈 수도 없소. 황금 양털이 기다리고 있기 때문이오."

많은 영웅들이 안타까워했다.

"헤라클레스를 잃는다는 것은 큰 손실입니다."

"하지만 어쩔 수 없소. 우리는 친구를 잃었지만 우리의 운명을 한탄하거나 우리의 여건이 불리해졌다고 아쉬워할 시간이 없소."

이럴 때 필요한 것은 음악이다. 이아손은 재빨리 입을 열었다.

"오르페우스, 뭐하는가?"

오르페우스는 눈치가 빨랐다. 재빨리 뱃전에 올라서더니 신나는 곡조로 노래를 부르기 시작했다.

영웅들이여 갈 길을 가자.

고난과 역경이 우리의 발목을 잡을지라도

머나먼 바다에 희망이 있고 미래가 있다.

보라, 저 아름다운 바다가

우리를 기다린다.

나가자. 노를 저어라. 돛을 올려라.

그러나 얼마 지나지 않아 불만을 표시하는 사람들이 나타나기 시작했다. 배는 작은 왕국이나 마찬가지다. 충신이 있으면 반란을 꾀하는 자도 있는 법이다. 헤라클레스의 친구 텔라몬이 말했다.

"그대는 다른 영웅들이 사라져도 이렇게 대응할 겁니까? 이게 아무일도 아니란 말입니까? 혹시 헤라클레스가 없어져서 기쁜 겁니까? 당신의 강력한 라이벌이자 당신보다 뛰어난 영웅을 시샘했던 것 아니냐고요. 황금 양털을 찾는 과정에서 헤라클레스가 위대한 역할을 할까 봐그것을 두려워한 것 같군요. 만약 그런 게 아니라면 배를 돌려서 그들을 찾으러 가야 합니다. 우리들 중 누가 실종되었을 때 그냥 버리고 간다면 그 사람의 기분이 어떻겠습니까?"

텔라몬의 말에 의해 배 안의 여론은 나빠지기 시작했다.

"맞아. 맞아. 저 일이 우리 일이 될 수도 있잖아."

이 순간, 이아손은 우두머리로서의 결단력을 보여주었다.

"텔라몬, 이 배를 이끄는 자는 누구요?"

"그야 당신이지요."

"그렇다면 나의 명령을 따르시오. 영광은 그대들의 것이지만, 모든 잘못에 대한 책임은 내가 질 겁니다. 항로를 바꾸지 말고 계속 앞을 향해 노를 저으시오."

배가 계속 앞으로 나아가자 텔라몬은 거칠게 달려들어 키를 빼앗아 섬 쪽으로 방향을 돌리려고 했다.

"키를 내놔!"

"아니, 저자가 끝끝내……."

이아손이 달려가서 몸싸움이 벌어졌다. 그때 파도 속에서 신이 모습을 드러냈다. 그는 바로 선원들의 수호신인 글라우코스*였다. 평범한 어부였지만 바다의 신이자 예언자가 된 자였다. 글라우코스는 온 바다가 울리도록 외쳤다.

"너희들은 되돌아갈 수 없다. 너희들의 동료가 떠난 것은 다 운명에 의한 것이고, 제우스 신의 뜻이다. 그들이 불행에 빠진 것은 아니니 너희들은 어서 앞으로 나아가라. 황금 양털을 잊지 마라!"

그러면서 글라우코스는 그들이 나아가야 할 방향으로 배를 돌려주었다. 그뿐만 아니라 뒤에서 힘껏 밀어주었다. 배는 큰 바다를 향해 미끄러지듯 나아갔다. 텔라몬은 그제야 이아손에게 사과했다.

"미안하오. 신들의 뜻이 그런 줄도 모르고 좁은 소견으로 모두의 마음을 어지럽혔소."

"괜찮소."

그들은 뜨겁게 화해했다. 영웅들은 다시 마음을 합쳐 자신들의 목표를 향해 나아가기로 굳게 결심했다. 오르페우스의 노랫소리가 바다에 울려 퍼졌다.

영웅들의 화해는
그 무엇보다도 강력한 힘이라네.
우리가 하나되면
어떠한 괴물들도 두렵지 않아.
바다의 괴물들이여, 우리에게 오라.
멋지게 처치해주겠노라.

여기서 잠깐!!

글라우코스는 시시포스의 아들이라는 이야기도 있어. 어느 날 그가 신비의 샘물을 마시고 자신이 죽지 않는 존재가 되었다고 자랑했지만, 누구도 그 말을 믿어주지 않았어. 그러자 글라우코스는 자신의 말을 증명해보이려고 홧김에 바다에 뛰어들었어. 그 뒤로 그는 바다의 신이 되어 파도를 타고 전 세계 바다를 떠돌아다니고 있다고 해. 파도를 가만히 바라보면 끊임없이 밀려왔다 밀려가면서 뭔가를 얘기하는 것 같잖아. 그런 모습을 보고 사람들이 만들어낸 신이라고 할 수 있지.

6

자잘한 고난들

　항해는 계속됐다. 당시 항해는 거친 바다를 마구 헤쳐 가는 것이 아니라 연안에서 멀지 않은 곳을 항해하다가 물자가 떨어지면 가까운 항구에 들러 물자를 보충하는 형식으로 이뤄졌다. 아르고호 역시 항해를 하다 보면 물자가 바닥나 어딘가에 들러야 할 필요가 있었다.

　먹을 것과 마실 물이 떨어지자 아르고호는 비티니아의 바닷가에 배를 댔다. 바닷가에 내려서 물자를 보충하려고 분주히 움직이는데 하늘을 울릴 듯한 커다란 목소리가 들려왔다.

　"네놈들은 누구냐? 누구의 허락을 받고 이곳에 들어온 것이냐?"

　깜짝 놀라 고개를 돌렸더니, 거기에는 어마어마한 덩치를 가진 남자가 서 있었다. 남자는 성큼성큼 다가와 영웅들을 훑어보더니 거만하게 말했다.

"무슨 일로 이곳에 배를 정박시킨 것이냐?"

"우리는 싸우러 온 게 아닙니다. 이곳에서 물과 식량을 구한 뒤 배에 신고 다시 떠날 겁니다. 절대로 누군가를 해치러 온 게 아니니 오해하지 마십시오."

"누구 마음대로 물을 가져간단 말이냐?"

"네? 물에 주인이 있습니까?"

"당연한 말을 하고 있구나. 이 물은 내 것이다. 이 물로 말하자면 나의 아버지 포세이돈 신이 나에게 주신 것이다. 아주 맛있고 먹기만 하면 원기가 회복돼 몸이 생생히 살아나지. 너희들에게 특별히 이 물을 공짜로 주마."

"고맙습니다."

"감사합니다."

"그런데 조건이 있다."

남자는 음흉하게 미소를 지었다.

"우리가 무엇을 해야 합니까?"

"우리 풍습은 이렇다. 이 물을 마시고 싶으면 무리에서 대표를 뽑아 나와 권투 시합을 해야 한다."

그 말이 떨어지자마자 아르고호의 영웅들은 남자의 주먹을 바라보았다. 보통 사람의 두 배는 되는 것 같았다.

"당신은 도대체 누구길래 이 우물이 자기 거라고 주장하는 겁니까?"

"아, 내 소개가 늦었군. 나는 이곳의 왕이며 이 근방에서 가장 주먹이 센 아미코스다."

작은 나라에서 왕 노릇을 하던 그는 심심하던 차에 낯선 이들이 다가오자 자신의 힘을 뽐내려고 서둘러 달려온 것이었다. 그는 쉽게 말해 자기 고향에서 힘깨나 쓴다며 나대는 껄렁패였다. 하지만 물 한 방울이 아쉬운 처지인 아르고호의 영웅들은 달리 방법이 없었다. 아미코스의 주먹과 근육을 훑어보니 힘에는 자신이 있어 이곳에 들르는 사람들마다 붙잡고 시비를 거는 것 같았다. 그들은 의논하기 시작했다.

"어떡하지? 가능하면 싸우지 않고 좋게 해결하고 싶은데……."

"하지만 저자는 어떻게든 우리와 권투 시합을 벌일 거야. 우리를 괴롭히겠다는 거지."

그러자 영웅 중 한 사람인 폴리데우케스가 나섰다.

"내가 해결하겠네. 오랜만에 몸 좀 풀겠군."

"아, 자네라면 해볼 만하지."

이아손은 고개를 끄덕였다. 폴리데우케스는 그리스에서 당해낼 자가 없는 권투 선수였다. 하지만 그의 덩치는 아미코스의 절반 정도밖에 되지 않았다.

"형, 그러지 마. 잘못해서 죽으면 어떡하려고 그래? 저자는 자신이 이기면 형의 목숨을 내놓으라고 할 게 뻔해."

동생 카스토르가 서둘러 말렸다. 나서려는 자와 말리는 자가 서로 드잡이하는 것을 본 아미코스는 쐐기를 박았다.

"내가 말하는 권투 시합은 지는 자가 죽어야만 끝이 난다. 각오 단단히 하고 나와라."

그 말을 들은 폴리데우케스는 이를 갈며 분연히 일어섰다.

"저 건방진 자를 내가 반드시 꺾어버리겠다. 곧 내 앞에서 무릎을 꿇게 하겠다."

아미코스는 자기 가슴을 두드리며 외쳤다.

"어떤 녀석이든 나와라. 단, 나오기 전에 동료들과 작별 인사를 하거라. 곧 죽어서 하데스에게로 내려갈 테니까."

폴리데우케스는 묵묵히 준비를 갖췄다.

"자, 내가 너와 상대해주마. 네가 그토록 주먹을 잘 쓴다니 어디 한번 붙어보자."

사람들은 그들 주위에 빙 둘러섰다. 그 나라 사람들도 모두들 구경하러 몰려왔다. 자신들의 왕이 지는 것을 한 번도 보지 못했기에 다들 여유만만했다. 사람들은 아미코스가 당연히 승리할 것으로 생각하고 그의 주먹에 박살 날 것이 뻔한 가엾은 도전자를 측은한 시선으로 바라보며 수군댔다.

"또 한 사람이 희생되겠군. 우리 왕은 왜 이렇게 외지에서 온 사람들만 보면 죽이려고 하는 건지 모르겠어."

하지만 폴리데우케스는 자신만만했다.

"지금이라도 순순히 물을 내주고 친구로서 우리를 환대하고 보내주는 것이 어떻겠나?"

"나는 한 번 뱉은 말은 뒤집지 않는 사람이다. 어서 덤벼라."

시합이 시작됐다. 아미코스는 덩치가 작은 폴리데우케스를 얕잡아봤

는지 별다른 계산도 없이 무작정 주먹을 휘둘러댔다. 그의 주먹은 참으로 위협적이었다. 붕붕 소리를 내며 허공을 가르는 날카로운 주먹에 한 방이라도 맞으면 쓰러질 것만 같았다. 하지만 발이 빠른 폴리데우케스는 무작정 날아오는 주먹을 쉽게 피했다. 아미코스가 아무리 주먹을 휘둘러도 한 대도 맞지 않았다. 맞을 것 같으면 고개를 숙이거나 옆으로 빠져 그의 주먹이 빗나가게 했다. 아미코스는 슬슬 약이 오르기 시작했다. 어떻게든 한 방만 맞히면 그대로 죽일 수 있을 것 같은데, 좀처럼 맞힐 수 없었다. 아미코스는 폴리데우케스의 발이 생각보다 빠른 데 당황했다.

"걸리기만 해라."

아미코스는 산을 무너뜨릴 듯 쿵쿵거리며 달려와서는 주먹을 위협적으로 휘둘렀다. 눈과 발이 빠른 폴리데우케스는 빙글빙글 웃으며 쉽게 피했다. 언뜻 보면 가볍게 움직이는 것 같지만, 사실 폴리데우케스도 열심히 싸우고 있는 거였다. 어떻게든 결정타를 날리려면 아미코스의 기운을 빼야 했다. 그렇다고 피하기만 하는 것도 아니었다. 빈 공간이 보이면 주먹을 날리거나 옆구리를 가격하기도 하고 관자놀이를 때리기도 했다. 그의 주먹은 빠르고 강력했다.

몇 대 맞고 나자 아미코스는 상대가 만만치 않다는 것을 깨달았다. 상대를 얕잡아보던 마음도 사라졌다. 힘은 점점 빠져가는데 한 대도 맞히지 못하자 점점 초조해졌다. 폴리데우케스는 아미코스의 배와 가슴을 주로 공격했다. 아미코스는 상대가 키가 작다 보니 아직 얼굴은 제대로 맞지 않은 것을 다행이라고 생각했다.

하지만 폴리데우케스는 바보가 아니었다. 얼굴을 때릴 수 없다면 숨을 쉬지 못하게 해야겠다고 생각했다. 그는 아미코스의 명치끝을 그대로 가격했다. 명치에 제대로 주먹이 꽂히자 장기가 위축되며 숨이 막혀 아미코스는 허리를 구부렸다. 그 순간이었다. 폴리데우케스가 좌우로 주먹을 날렸다. 머리와 얼굴, 그리고 코를 집중적으로 두들기자 아미코스는 휘청거리며 뒤로 밀려났다. 그러다 마침내 턱에 결정타를 한 방 맞더니 바닥에 나뒹굴었다. 간신히 몸을 추스른 아미코스는 무릎걸음으로 기어서 일어나려 했지만 몸이 꿈쩍도 하지 않았다. 몸집이 작은 폴리데우케스가 태산처럼 우뚝 서서 자신을 내려다보고 있었다. 아미코스는 자신이 죽을 운명이라는 것을 깨달았다. 그는 폴리데우케스의 다리와 무릎을 부여잡고 피투성이가 된 얼굴로 애걸복걸했다.

"자비를 베풀어주십시오! 제발 살려주십시오!"

"뭐라고? 너는 그동안 이곳에 와서 물을 먹으려 했던 사람들에게 자비를 베푼 적 있었느냐?"

아미코스는 온몸으로 기어가 폴리데우케스의 발에 입을 맞추며 애원했다.

"살려주십시오, 제발."

비굴하기 짝이 없었다. 차라리 당당하게 죽이라고 했다면 용서해주려고 했는데 그의 비겁한 모습을 보니 폴리데우케스의 마음은 차갑게 식어버렸다. 폴리데우케스는 다시 한번 주먹을 날려 아미코스의 관자놀이를 갈겼다. 피를 뿜으며 저만치 날아간 아미코스는 빠진 이빨을 뱉어낸 뒤 기어와 다시 한번 애원했다.

"제발 살려주십시오. 살려주신다면 물과 식량은 물론 원하시는 만큼 금을 드리겠습니다."

비겁함의 끝이었다. 그 모습을 본 폴리데우케스는 말했다.

"너 같은 놈은 죽일 필요도 없다. 내 손만 더러워질 것 같구나. 하지만 그냥 살려줄 순 없지. 이 섬을 네 아버지 포세이돈 신이 만들어주었다니 포세이돈 신의 이름으로 맹세해라. 앞으로 이곳에 들러 물을 먹으려는 자는 그 누구든 털끝 하나 상하지 않게 하고 그들이 원하는 바를 이루도록 도와주겠노라고."

듣고 있던 사람들은 모두들 박수를 쳤다.

"와!"

그들도 이방인들이 오면 주먹을 휘둘러 죽이고 사람들을 억압하던 포악한 왕이 비굴하게 엎드려 있는 것을 보자 내심 통쾌했던 것이다. 아미코스는 피를 흘리며 말했다.

"제 아버지 포세이돈 신의 이름을 걸고 맹세하겠습니다. 분부하신 대로 따르겠습니다. 그리고 여러분께 선물과 음식과 물을 양껏 제공하겠습니다."

겨우 목숨을 구한 아미코스는 부하들을 시켜 충분한 양의 음식과 술, 그리고 물을 배에 실어주었다. 그러고는 약속을 꼭 지키겠다고 맹세했다. 뛰는 놈 위에 나는 놈이 있는 법이다. 촌구석에서 인정받는다고 자신의 주먹이 세상에서 제일 센 것으로 착각하고 기고만장했던 아미코스는 임자를 만났다. 하지만 그 덕에 회개해서 새로운 사람이 될 수 있었다. 그 뒤로 그 누구든 비티니아에 자유롭게 상륙해 마음껏 물을 마

실 수 있게 되었다.★

아르고호는 마르마라해를 계속 항해해 나
갔다. 그들이 마지막으로 들른 곳은 트라키아
해안의 동쪽 바닷가에 있는 도시 사르미데소
스였다. 배에 타고 있던 영웅 중에는 날개 달
린 이도 있었다. 바로 보레아스의 아들, 제테
스와 칼라이스였다. 평소에는 날개를 접고 있
어서 언뜻 보면 평범한 인간 같지만 필요한
순간 날개를 펴서 하늘을 날아오를 수 있는
신의 아들들이었다. 사르미데소스에 닿자 이
들 형제는 크게 기뻐하며 말했다.

"이아손, 이곳은 우리에게 매우 반가운 곳
입니다. 우리 여동생인 클레오파트라와 결혼
한 피네우스가 다스리고 있는 곳이거든요."

"피네우스는 어떤 사람인가요?"

"그는 위대한 예언가입니다. 신들과도 통하
는 사람이지요. 우리의 긴 여행에는 그의 예언
이 꼭 필요합니다. 만나서 그의 예언을 들어봅
시다."

"좋습니다. 우리가 가면 환영해주겠지요?"

"당연하지요. 우리가 온 것을 알면 엄청나
게 환대해줄 겁니다."

여기서
잠깐!!

아미코스에게 벌을 준 이야기는 아
르고호의 영웅들이 얼마나 넓은 아
량을 지녔는지 보여줘. 자기 힘만 믿
고 나대는 자를 실력으로 응징했지
만 그에게 약속한 벌을 주지 않음으
로써 더 큰 승리를 거뒀지. 권투에서
이긴 자가 진 자를 죽이는 것은 하등
한 논리야. 상대를 압도적으로 이긴
뒤 상대의 논리대로 보복하지 않고
대신 올바른 가르침을 주고 많은 사
람들에게 승리의 혜택을 나눠주는
것이야말로 진정한 승리 아닐까. 이
렇게 《그리스 로마 신화》에서는 좋
은 교훈을 많이 찾아볼 수 있어.

배를 육지로 밀어 올린 뒤 아르고호의 영웅들은 도시로 들어가봤다. 하지만 도시는 듣던 바와 달리 황폐하기 짝이 없었다.

"이게 어찌 된 일이지?"

사람들의 흔적을 찾을 수 없었다. 불을 피우거나 물을 긷는 등 사람들이 생활한 흔적이 보이지 않았다. 영웅들은 언덕을 올라 궁전으로 달려갔다. 길가와 언덕은 온통 새똥으로 더럽혀져 있었다. 언덕 꼭대기에 있는 궁전은 더욱더 심했다. 온통 새똥으로 뒤덮여서 건물이 흰색인지 검은색인지조차 알 수 없을 지경이었다. 말라붙은 새똥과 갓 떨어진 새똥들이 뒤엉켜 고약한 냄새가 진동했다. 영웅들은 코를 막고 궁전으로 들어갔다.

"누구 없습니까? 아무도 안 계세요?"

궁전이라면 많은 사람들이 활기차게 돌아다니며 각자 할 일을 하고 있어야 하는데, 이곳은 마치 폐허 같았다. 궁전 중앙 홀에 다다르자 잔뜩 지친 모습으로 앉아 있는 사람 하나가 보였다. 그는 마치 시체처럼 축 늘어져 있었다.

"이보시오. 괜찮소? 말씀을 해보시오."

죽은 듯 축 늘어져 있던 노인은 천천히 고개를 들었다. 그 노인이 예언가 피네우스라는 것을 아무도 알아채지 못했다.

"당신은 누구십니까?"

"나는 피네우스요."

그 순간, 제테스와 칼라이스는 눈물을 흘렸다.

"아니 매제, 어쩌다 이렇게 되었습니까?"

이아손이 나섰다.

"나는 영웅들을 이끌고 황금 양털을 찾으러 가는 이아손이라고 합니다. 사르미데소스는 풍요로운 곳이라고 들었는데, 왜 이렇게 황폐하게 변했습니까? 당신이 정말 피네우스 왕입니까? 왜 그렇게 늙고 힘들고 지친 모습이십니까?"

노인이 입을 열었다.

"나는 사르미데소스의 왕 피네우스가 맞습니다. 여러분은 우리나라에 오신 손님들이니 기쁘게 맞아야 하지만 지금 우리 처지가 그렇지 못합니다. 보시는 것처럼 우리는 완전히 비참한 상황이지요."

"이곳은 부유하고 아름다운 곳이라 들었습니다."

"맞습니다. 바다를 접하고 있어 물자가 풍부하고 아름다운 곳이었지요. 나라가 풍요롭고 아름다운 덕분에 나는 보레아스 신의 딸과 결혼하고 신들에게 초대받을 수도 있었습니다."

"그랬는데 왜 이런 꼴이 된 겁니까?"

"신들과 가깝다고 하나 나는 인간입니다. 분노한 신들 때문에 고통받는 인간들을 가만히 보고만 있을 수 없었습니다. 자신의 운명이 어찌될지도 모르고 열심히 노력하다가 불행한 결과를 맞는 사람들을 보며 도저히 참을 수 없었어요. 그래서 인간들에게 앞으로 무슨 일이 생길지 예언해주기도 하고 그들의 운명을 말해주기도 했는데, 그 때문에 신들의 분노를 사게 되었지요."

"아, 천기를 누설한 대가를 치른 것이로군요."

"맞습니다. 결국 제우스 신조차 화를 내며 나에게 재앙을 내렸어요.

그 결과, 신과 한자리에서 식사하던 내가 이렇게 된 것이지요. 나는 앞을 못 보게 되었고 궁전은 다 무너져버렸습니다. 그런데도 나의 고통은 아직 끝나지 않았어요."

"아니, 이미 죽은 것이나 다름없이 불행해진 당신에게 또 어떤 고통이 남아 있단 말입니까?"

"혹시 하르피아이라고 들어봤습니까?"

"소문은 들었습니다. 얼굴은 사람이고 몸은 새인 괴물 아닙니까?"

"잘 알고 있군요. 하르피아이 두 마리가 수시로 날아와 나를 괴롭히고 있습니다. 내가 뭔가를 먹으려고 하면 여지없이 음식을 빼앗지요. 그러면서 이곳에 똥을 갈기고 가는 겁니다. 배고픈 것은 참을 수 있지만 이 더러운 똥 냄새와 농락당하는 기분은 도저히 견딜 수 없습니다."

피네우스의 이야기를 들은 일행들은 모두 분노했다. 인간들을 위해 운명을 말해주고 앞일을 예언해주었다고 해서 이렇게 견디기 어려운 고통을 감수해야 한다니 너무한 것 같았다.

"도저히 이해할 수 없습니다. 신들이 너무한 것 같군요."

영웅들은 모두들 피네우스를 가엾게 여겼다.

"우리가 도와줍시다. 이 가엾은 노인을 위해 우리 모두 힘을 합쳐봅시다."

일행들은 앞을 보지 못하는 피네우스를 위해 음식과 먹을 것을 가져왔다. 그러고 나서 주변의 똥을 닦아내고 피네우스가 음식을 먹을 수 있도록 손을 잡아 음식의 위치를 알려주었다.

"왕이시여, 이쪽에 빵과 포도주가 있습니다."

그 순간이었다.

"꺄오오!"

어디서 날아왔는지 하르피아이 두 마리가 나타났다. 하르피아이는 재빨리 날아와 음식을 가로채더니 번개처럼 사라졌다. 그러면서 더러운 똥을 내갈겼다. 그 냄새가 어찌나 고약한지 입맛이 뚝 떨어졌다.

"저 괴물이 바로 하르피아이로구나."

영웅들은 분해서 어쩔 줄 몰라 했다. 하지만 땅에 발을 디딘 인간이 날개 달린 괴물을 처치하는 것은 불가능했다. 이때 여동생의 남편인 피네우스가 고통받는 것을 보고 분노한 보레아스의 아들 제테스와 칼라이스가 자리를 박차고 일어났다.

"내 저 괴물들을……."

그들은 겨드랑이 밑에 숨겨놓았던 거대한 날개를 펼친 뒤 하르피아이를 쫓아 날아올랐다. 인간들밖에 없는 줄 알고 훔친 음식을 맛있게 먹고 있던 하르피아이들은 깜짝 놀랐다. 있는 힘을 다해 날갯짓하며 하늘로 치솟았지만 두 형제가 더 빨리 날았다. 하르피아이들은 육지를 넘고 바다를 건너 끝없이 도망갔지만 두 형제는 포기하지 않고 계속 쫓아갔다. 지친 하르피아이들이 마침내 땅에 내려오자 형제들은 쏜살같이 따라 내려와 칼을 휘둘렀다.

"너희들을 죽여버리겠다."

그 순간, 이리스가 나타났다.

"형제들이여, 하르피아이를 죽이지 마라. 하르피아이들은 제우스 신의 명을 받았을 뿐이다. 피네우스를 다시는 괴롭히지 않겠다고 약속하면 되지 않느냐."

"그렇게 약속한다면 죽이지 않겠습니다."

하르피아이들은 고개를 끄덕였다.

"하지만 그러다가 언제 다시 돌아올지도 모르니 이 작은 섬에 가둬놓으십시오."

"알겠다."

이리스는 약속을 지켜 하르피아이들은 그때부터 작은 섬에서 살게 되었다. 두 형제는 다시 날개를 펼쳐 사르미데소스로 돌아갔다. 그사이 영웅들은 샘물을 길어다 새똥을 다 씻어내고 궁전을 깨끗이 청소했다. 음식을 먹고 휴식을 취한 피네우스는 피부에 윤기가 흐르고 활기가 돌아왔다.

"그대들이 어디로 가는지 말하지 않아도 알고 있습니다. 몇 년 동안 나는 그대들이 오기만을 기다리고 있었습니다. 그대들이 와야 나의 고통이 끝난다는 것을 알고 있었기 때문이지요."

"그러면 예언을 해주십시오. 우리가 황금 양털을 되찾아올 수 있겠습니까?"

"그대들은 힘든 임무를 맡았지요. 하지만 포기하지 않는다면 이룰 수 있을 겁니다. 물론 그대들이 가야 할 길에 신들이 준비해둔 수많은 장애물을 이겨내야 가능한 일이지요. 그 장애물들 중에서도 가장 큰 어려움은 이곳에서 콜키스로 가는 길에 만날 두 개의 바위입니다."

"바위가 왜 문제입니까?"

"심플레가데스라는 두 개의 바위는 땅에 붙어 있는 게 아니라 바다

위에 떠 있는데, 부딪쳤다 떨어졌다 하는 이들 두 바위 사이로 배가 지나가야 하기 때문이지요."

"언제 부딪치는지 알면 지나갈 수 있지 않습니까?"

"이 바위들은 자기들 사이에 물체가 지나갈 때 움직이기 시작하기 때문에 이제껏 어떤 배도 그 사이를 통과하지 못했습니다."

"그러면 어떻게 해야 합니까?"

"걱정하지 마십시오. 내 말만 들으면 됩니다. 꼭 내 말대로 해야 합니다. 신의 가호가 있어야 할 뿐 아니라 그대들의 노력도 필요합니다."

그는 이런저런 방법을 일러주었다.

아르고호의 영웅들은 사르미데소스에서 푹 쉬면서 원기를 회복했다. 왕이 되살아났다는 소문이 퍼지자 여기저기에 숨어 있던 사람들이 돌아오기 시작했다. 사르미데소스는 대대적으로 정비되기 시작했다. 사람들은 의욕에 찬 모습으로 도시를 재건하는 데 힘썼다. 일행들이 떠날 때쯤에는 풍요로운 왕국의 모습을 어느 정도 되찾았다. 황금 양털의 힘을 빌리지 않더라도 금세 풍요의 땅이 될 것만 같았다.

일행들은 한편으로는 가볍지만 한편으로는 무거운 마음으로 바다에 배를 띄웠다. 심플레가데스라는 무시무시한 바위 사이를 통과해야 된다는 것이 거짓말이었으면 하는 심정이었다.

"거짓말 아닐까? 너무 오랫동안 굶고 고통스럽다 보니 정신이 나가버린 건지도 모르잖아."

"거짓말이면 얼마나 좋겠어."

"일단 목적지를 향해 가보자고."

기운을 차린 그들은 노를 젓기 시작했다. 바닷바람을 타고 한참 동안 항해하고 있는데 저 멀리에서 벼락 치는 듯한 소리가 들렸다.

쿵쿵!

소리는 점점 커졌다. 배가 나아갈수록 소리는 점점 크게 들렸다. 규칙적으로 울리는 것도 아니었다. 빠르게 울렸다가 느리게 울렸다가 제멋대로였다. 뱃머리에 있던 린케우스가 소리쳤다.

"바위가 보입니다. 안개에 가려 잘 보이지 않지만 곧 나타날 겁니다. 나는 보입니다. 피네우스의 예언이 정말이었군요."

마침내 거대한 바위가 눈앞에 나타났다. 바위가 서로 부딪치는 소리에 온 세상이 뒤흔들리는 것만 같았다. 귀를 막지 않으면 견딜 수 없을 정도로 큰 소리였다. 거대하고 무시무시한 바위가 바다 한가운데 우뚝 솟아 있었다. 두 바위는 바람보다 빠르게 다가와 서로 부딪친 뒤 튕겨 나갔다가 다시 다가왔다. 그때마다 천둥 수백 개와 폭탄 수천 개가 터지는 듯한 소리가 나고 물보라가 일어났다. 물보라는 하늘로 올라가 구름이 되기도 했다. 바다는 출렁이고 제멋대로 소용돌이치며 움직였다. 배로 그 사이를 지나가는 것은 불가능해 보였다. 피네우스가 설명한 것은 그들의 눈앞에 펼쳐진 상황을 새 발의 피만큼도 제대로 담지 못한 것 같았다. 이곳을 지나가는 것은 제정신이 아니고선 할 수 없는 일 같았다. 하지만 영웅들은 단 한 명도 돌아가자는 말을 하지 않았다.

"우리는 죽든 살든 이 사이를 뚫고 지나가야 하오."

"맞소."

이윽고 두 개의 바위에 코앞까지 다가갔다. 두려워하는 이아손에게 헤라 여신의 목소리가 들렸다.

"이아손, 두려워하지 말고 바위 사이를 지나가라. 내가 너희와 함께할 것이다."

이아손은 그 말을 듣고 품속에 있던 것을 꺼냈다. 그것은 바로 새장에서 꺼내온 비둘기였다. 동료들은 모두 비둘기를 보았다. 비둘기는 밖에 나오자 날갯짓을 했다.

"자, 바위 사이가 벌어지나 보자."

벼락 치는 듯한 소리를 내며 바위 사이가 떨어지자 이아손은 재빨리 비둘기를 날렸다. 비둘기는 기다렸다는 듯 바위틈으로 있는 힘을 다해 쏜살같이 날아갔다. 바위 사이로 뭔가가 지나가자 바위들은 다시금 다가오기 시작했다. 비둘기는 죽을힘을 다해 날아갔다. 두 바위는 여지없이 부딪쳤다. 다들 비둘기가 빠져나가지 못했을 거라고 생각하며 좌절했다.

"비둘기가 죽은 것 같아."

"통과하지 못했을 거야."

다시 바위 사이가 벌어졌다. 비둘기의 깃털이 바위틈에서 떨어지는 것이 보였다.

"저것 봐. 죽었잖아."

모두 실망하고 있을 때였다.

"저길 봐."

태양 쪽을 가리켰다. 그곳에는 비둘기가 높이 날아 자기 집으로 돌아가는 것이 보였다.

"아, 통과했구나. 다행이다. 비둘기가 통과했어."

마지막 순간에 깃털 몇 개가 바위틈에 끼었지만 비둘기는 무사히 빠져나간 것이다. 그것을 보고 영웅들은 희망을 가졌다.

"비둘기가 갔던 길을 그대로 따라 가자."

바위 사이가 벌어지는 순간, 그들은 다들 힘차게 노를 젓기 시작했다. 미친 듯이 노를 저었다. 사람이 노를 젓는지 노가 사람을 젓는지 알 수 없을 정도로 무아지경에 빠졌다. 헤라클레스가 있었다면 도움이 되었겠지만 그는 아쉽게도 떠나버린 뒤였다. 배는 빠른 속도로 나아가 물보라가 몰아치는 바위 사이를 뚫고 지나갔다. 배가 소용돌이 안으로 빨려 들어가 빙글빙글 돌다가 그대로 바닷속에 잠겨버릴 것만 같았다. 이때 뱃머리의 헤라 여신 성상이 말을 하기 시작했다.

"이아손, 너는 과거에 나를 도와준 적이 있지. 이제는 내가 너에게 보답하겠다."

헤라 여신의 말이 끝나자마자 배는 소용돌이를 빠져나와 부딪쳤다 떨어지는 바위 사이로 똑바로 나아갔다.

"헤라 여신이 우리를 돕고 있다! 힘을 내자!"

영웅들은 노가 부러질 정도로 부여잡고 힘차게 노를 저었다. 바위 사이로 들어가자 양옆의 바위가 배를 부셔버릴 것처럼 거세게 다가오기 시작했다.

"바위가 다가온다! 노를 더 세게 저어라."

한 영웅이 북을 울리며 노 젓는 동료들을 응원했다. 북소리가 터질 것처럼 울려 퍼졌다.

둥둥둥둥!

영웅들은 숨도 쉬지 않고 근육이 찢기도록 노를 저었다. 바위는 점점 다가왔다. 바위에 낀 이끼와 돌 부스러기까지 보일 지경이었다.

"조금만 더! 조금만 더!"

바위가 서로 부딪히기 직전에 아르고호는 바위틈을 겨우 빠져나왔다. 배의 뒷장식이 바위틈에 끼어 으스러지는 소리가 났다. 피네우스의 예언이 맞은 것이다. 헤라의 도움과 영웅들의 놀라운 단결력으로 그들은 심플레가데스라는 크나큰 위험에서 벗어날 수 있었다.

우르릉! 쾅!

커다란 소리가 나며 부딪쳤다 떨어진 뒤 바위는 더 이상 움직이지 않았다. 그 바위들은 한 척의 배라도 그 사이를 통과하면 다시는 서로 부딪치지 않도록 신들에게 예언되어 있었다.

아르고호를 따라오던 고기잡이배들은 믿을 수 없는 광경을 보며 환성을 질렀다. 영웅들의 용기로 바닷길이 열린 것이다. 새롭게 열린 바닷길 덕분에 선원들은 먼 길을 돌지 않고 빠르게 물자를 나르거나 물고기를 잡으러 갈 수 있게 되었다.

7

드디어 목적지에

아르고호의 영웅들은 다시 넓은 바다로 나왔다. 그들은 눈앞에 펼쳐진 낯선 바다를 보며 멍하니 서 있었다. 어디로 어떻게 가야 할지, 그곳에서 무슨 일을 만나게 될지 아무것도 알 수 없었다. 콜키스로 가는 길에 대해서는 알려진 게 전혀 없었다. 그저 테르모돈강이 바다로 흐르니 그곳으로 가야 한다는 이야기만 들었을 뿐이다. 단 하나, 목적지가 멀지 않다는 것은 분명했다.

낯선 바다를 항해하던 그들은 부족한 물자를 채우러 연안에 정박했다. 항구에 나타난 영웅들의 모습을 본 사람들이 달려 나와 그들을 반갑게 맞아주었다. 그들이 악명 높은 심플레가데스를 지나왔다는 소식을 듣고 왕인 리코스까지 달려왔다. 그 땅의 이름은 마리안디노스였다. 리코스는 영웅들을 궁전에 초대해 그들의 모험담을 청해 들었다. 그가 가장 통쾌해한 것은 아미코스를 때려눕히고 다시는 지나가는 사람을 괴롭히지 않기로 약속을 받았다는 이야기였다.

"그대들은 진정한 영웅이오. 아미코스 그자는 나의 원수이기도 하오. 하하하. 피투성이가 돼서 살려달라고 했다니, 그 모습을 내가 직접 봤어야 했는데……. 너무 기분이 좋구려. 그대들을 위해 크게 잔치를 열어주겠소."

영웅들은 그곳에서 며칠간 잘 먹고 잘 쉬었을 뿐만 아니라 물과 다양한 식료품과 물자를 충분히 배에 실었다. 리코스는 떠나는 영웅들에게 한 가지 부탁을 했다.

"영웅 몇 분이 자신의 길을 가기로 하셨다고 들었소이다. 내게 아들이 하나 있는데, 비록 영웅이라 하기에는 모자란 면이 있으나 길잡이로는 충분할 거요. 그 아이에게 길 안내를 맡기면 어떻겠소?"

"그거야말로 바라던 바입니다. 아드님을 데리고 오시지요."

아들의 이름은 다스킬로스였다. 건장한 다스킬로스가 합류해 안내자를 도맡자 영웅들은 든든해졌다. 이후에도 영웅들은 끊임없는 고난을 이겨내야 했다. 그 과정에 예언자 이드몬이 멧돼지의 공격을 받아 죽기도 했다. 영웅들은 그가 죽은 곳에 무덤을 만들고 노를 꽂아놓았다. 비슷한 시기에 키잡이 티피스가 병에 걸려 죽었다. 한 영웅이 죽으면 그 자리를 또 다른 영웅이 채우는 법이다. 그 자리는 안카이오스가 대신했다. 그는 이미 키잡이 기술을 배워 익힌 든든한 후계자였다.

이후 영웅들은 시노페에 도착해 뜨겁게 환대받았다. 그곳 사람들은 강의 신 아소포스의 딸 시노페를 섬긴다고 했다. 그들은 시노페가 그리스에서 왔다고 이야기하며 영웅들을 크게 반가워했다. 영웅들은 시노페가 어떻게 이곳까지 오게 되었는지 알 수 없었다. 고국을 떠난 이가 어떤 여정을 거쳐 이렇게 먼 곳까지 오게 되었는지, 그곳에서 어떤 대접을 받았는지 본국의 사람들이 알지 못하는 것은 당연하다.

"아, 그렇군요. 시노페 님은 여러분의 고향에서 오셨는데, 그분의 이야기를 잘 모르시는군요. 그럼 음유시인을 청해볼까요?"

당시 음유시인들은 역사가이기도 했다. 궁전에 초대받아온 음유시인은 시노페의 이야기를 노래로 불러주었다. 그 사연은 이러했다.

요정 시노페를 본 제우스는 사랑에 빠졌다.

"아름다운 시노페, 나의 여인이 되어라."

사람으로 변한 제우스가 그녀 앞에 나타나 유혹했지만, 본디 남자를 싫어하던 시노페는 강하게 거부했다.

"저는 싫습니다. 계속 그러시면 도망가겠어요."

시노페는 있는 힘을 다해 달렸다. 아름다운 요정이 토끼처럼 가볍게 달리는 모습을 보고 제우스는 다시 한번 반했다. 제우스는 시노페를 끝까지 쫓아갔다. 강을 건너고 산을 넘고 바다를 건너 시노페는 결국 멀고 먼 이곳까지 오게 됐다. 그러나 제우스는 포기하지 않았다. 이렇게 멀리까지 쫓아왔는데도 시노페는 제우스에게 마음을 열지 않았다. 두려움에 떠는 불쌍한 요정을 보며 제우스는 그녀의 마음을 얻을 수 없다는 것을 깨달았다.

"시노페, 너처럼 나를 싫어하는 여인은 처음 봤다. 내가 졌다. 말해라. 네가 원하는 것이 무엇이냐?"

"정말 들어주실 겁니까?"

"그래, 나는 거짓말을 하지 않는다. 네 소원을 들어주겠다."

소원을 들어주고 시노페를 차지하려는 속셈이었다. 하지만 시노페는 제우스의 속셈을 이미 눈치채고 있었다.

"좋아요. 제우스 신께서 하신 말씀이니 그대로 이루어지겠지요. 저는 영원히 결혼하지 않고 처녀로 남고 싶습니다."

아차 싶었다. 제우스는 시노페가 그런 소원을 말할 줄 몰랐다. 하지만 이미 소원을 들어주겠다고 말했기 때문에 어쩔 수 없었다. 시노페는 자신의 바람대로 처녀로 남아 이곳에 살게 되었다.

"아, 제우스 신의 손길에서 벗어난 경우도 있군요."

"이곳까지 도망쳤으니 당연히 그리스에서는 알 수 없었을 겁니다."

영웅들은 음유시인의 노래를 듣고 시노페의 사연을 알 수 있었다.

"노래를 듣고 가만히 있을 수는 없지!"

아름다운 노래에는 화답이 있어야 하는 법이다. 오르페우스가 나서서 그리스의 노래를 들려주었다. 오르페우스의 노랫소리를 듣고 젊은 이들이 몰려왔다.

"저희도 그리스에서 와서 이곳에 정착했습니다."

여기저기서 그리스와 인연이 있는 사람들이 다가왔다.

"저희는 헤라클레스가 히폴리테의 허리띠를 찾으러 왔을 때 함께 이곳에 왔습니다."

"아, 그 사이에 헤라클레스가 이곳에 왔다 갔단 말입니까?"

"그렇습니다. 헤라클레스를 따라왔다가 길을 잃고 이곳에 머물게 됐습니다."

"당신들의 무리에 합류하면 언젠가는 우리 고향으로 돌아갈 수 있겠지요?"

"맞소. 우리는 그리스로 돌아갈 겁니다."

"저희들도 함께 가게 해주십시오."

그리하여 그들은 자연스럽게 영웅들의 빈자리를 차지하게 되었다. 그들의 이름은 데일레온, 아올톨리코스, 플로기오스였다. 아르고호의 영웅들은 충분히 쉬고 새로운 인원들을 보충한 뒤 다시 바다로 나아갔다. 왼쪽으로는 해안선을, 오른쪽으로는 드넓은 바다를 바라보며 한참 동안 항해했다. 작은 섬이 보이자 그들은 잠시 정박하기로 했다. 이아손이 말했다.

"저 섬에서 잠시 쉬었다 갑시다."

영웅들은 배를 육지에 대고 밧줄로 나무에 묶었다. 그때 오일레우스가 갑자기 비명을 질렀다.

"아악!"

모두 깜짝 놀라 뒤를 돌아보니 그의 어깨에 시커먼 화살이 하나 꽂혀 있었다.

"어떤 놈이냐?"

모두들 활과 칼 등 무기를 뽑아 들고 좌우를 둘러봤다. 하지만 숲속이나 모래밭 그 어디에도 사람의 흔적이 보이지 않았다. 치료하기 위해 재빨리 화살을 뽑아보니 그것은 화살이 아니라 청동으로 된 새의 깃털이었다.

"타다닥!

그 순간, 여기저기에서 같은 깃털이 날아와 배에 꽂혔다. 영웅들은 하늘을 올려다봤다. 거대한 새 한 마리가 하늘에 떠 있었다. 린케우스가 천리안으로 자세히 살펴보더니 말했다.

"저 새입니다. 저 새가 우릴 공격했습니다. 저기 또 다른 새들이 날아오고 있습니다."

그때 헤라클레스를 따라왔다는 세 명의 청년들이 말했다.

"우리는 저 새를 본 적 있습니다. 헤라클레스가 쫓아낸 새이지요. 스팀팔로스호수에서 쫓아냈어요. 그런데 이곳까지 도망쳐 와 있었군요."

"그렇다면 쏘아서 떨어뜨려야겠군요."

아르고호의 영웅들은 대부분 다 활을 잘 쏘는 명사수들이었다. 모두 방패 밑에 몸을 감추고 하늘로 활을 겨눴다. 마침내 새들이 가까이 날아와 하늘이 새까맣게 뒤덮였다. 비처럼 쏟아지는 청동 깃털 화살을 피해 영웅들은 화살을 쏘아 올렸다. 새들은 마구잡이로 깃털을 날렸지만 영웅들은 한 발 한 발 목표를 겨냥하고 화살을 쐈다. 화살 한 발에 새 한 마리씩 명중했다. 새들이 거의 다 떨어지고 겨우 남은 몇 마리는 북쪽으로 날아갔다. 간신히 괴물 새들을 쫓아낸 것이다.

"여러분, 모두 수고했습니다. 저 새들의 저주 때문인지 날씨가 나빠졌으니 배를 육지로 완전히 끌어올립시다."

"그렇게 합시다."

영웅들은 배를 육지로 끌어올렸다. 그들은 숲속에 막사를 지은 뒤 불을 피우고 하룻밤 쉬어가기로 했다. 그런데 그날 밤 하늘과 땅이 뒤집어질 듯 폭풍우가 몰아쳤다. 배를 육지에 끌어올려놓기를 잘했다며 모두들 이아손을 칭찬했다.

"그대는 역시 헤라 여신의 도움을 받는 것 같소. 배를 바다에 띄워놓았더라면 큰일 날 뻔했습니다."

이아손은 겸손하게 말했다.

"그 정도는 하늘만 잘 살펴도 누구나 알 수 있는 일입니다."

다음 날 아침, 폭풍우가 지나간 뒤 일행들은 바다로 나가봤다. 해안가에는 널빤지와 부서진 배의 조각들이 잔뜩 밀려와 있었다.

"아, 바다에 있던 배들이 난파당한 것 같습니다."

"혹시 사람이 떠내려왔나 살펴봅시다."

모두들 바닷가를 수색하는데, 물에 흠뻑 젖은 젊은이들이 보였다. 그들은 손을 들고 외쳤다.

"도와주세요! 도와주세요! 우리는 난파당했습니다."

"그대들은 누구요? 어디에서 오셨소? 설마 그리스에서 온 거요?"

"아닙니다. 우리는 콜키스 사람들입니다. 목적지가 그리스였지요."

"그대들의 이름은 무엇입니까?"

"우리는 프릭소스의 아들들입니다."

이아손은 반가워서 펄쩍 뛰었다.

"그대들이 프릭소스의 아들이란 말입니까?"

"그렇습니다."

"프릭소스는 나의 삼촌이라네."

"반갑습니다. 그럼 우리는 사촌지간이군요."

"나는 이올코스 사람으로 아이손의 아들입니다."

"아, 그대가 바로 이아손입니까?"

그들은 이렇게 만난 게 반가워 서로 끌어안았다. 추위와 배고픔에 떠는 젊은이들을 모닥불 주변으로 데리고 가 그들의 사정을 들었다. 그들은 폭풍우에 난파당해서 이곳까지 떠밀려 왔다고 했다. 그리고 이아손 일행이 어디로 가야 할지 정보를 교환했다. 이야기가 끝나자 그들 가운데 한 사람인 키티소로스가 말했다.

"황금 양털을 가지러 오셨다니 제가 알고 있는 사실들을 말씀드리겠습니다."

"그게 무엇입니까?"

"황금 양털은 헬리오스의 아들 아이에테스가 지키고 있다고 들었습니다."

영웅들이 앞다퉈 물었다.

"정말 듣던 대로 황금 양털이 대단한 위력을 가졌습니까?"

다른 영웅들도 궁금하다는 듯 눈을 반짝였다.

"황금 양털을 얻은 뒤 우리나라는 천하무적이 되었습니다. 게다가 그 누구도 아이에테스, 그분을 이길 수 없었지요. 그렇기 때문에 황금 양털을 목숨처럼 지키고 있는 것입니다. 그분은 저에게 외할아버지가 되시기 때문에 저희가 그 누구보다 잘 알고 있습니다."

그는 자신의 집안에 대해 설명해주었다.

"저희 어머니는 아이에테스의 딸 칼키오페입니다. 외할아버지 아이에테스는 오케아노스의 딸인 이디이아와의 사이에서 저희 어머니 칼키오페와 메데이아를 낳았고, 역시 오케아노스의 딸인 아스테로데이아와의 사이에서는 압시르토스를 낳았습니다. 저희 어머니와 메데이아 이모는 의붓어머니 아래서 자랐어요. 그런데 모녀 관계가 썩 좋지 않았다고 합니다. 아스테로데이아가 자신의 아들만 사랑했기 때문이지요. 우리 역시 외할아버지에게 미움을 받아서 그리스로 쫓겨가다가 난파당한 겁니다. 외할아버지는 황금 양털을 뺏기지 않기 위해서라면 무슨 일이든 할 겁니다."

"사람이 지키는 걸 어찌 사람이 절대로 못 빼앗을 거라고 장담하는 겁니까?"

이아손이 이대로 물러날 수 없다는 듯, 단호하게 말했다.

"황금 양털은 불멸의 용이 지키고 있습니다. 잠도 자지 않고 밤낮으로 지키고 있어서 훔치는 게 불가능합니다. 게다가 메데이아가 이 소중한 보물을 지킬 마법을 걸어두었기 때문에 더 어려울 겁니다."

이아손은 키티소로스에게 말했다.

"우리에게는 메데이아가 가장 큰 적이겠군요."

"마법사가 있어서 버거운 것도 사실이지만 아이에테스 역시 강력한 힘을 가지고 있습니다. 그동안 그 누구도 황금 양털을 빼앗아가지 못한 것만 봐도 알 수 있지 않습니까?"

"그래서 하고 싶은 말이 무엇입니까?"

젊은이들은 잠시 망설이다가 입을 열었다.

"지금이라도 돌아가십시오. 당신들의 목숨을 구하려면 지금이라도 돌아가야 합니다. 아이에테스는 힘이 셀 뿐만 아니라 지혜도 무궁무진합니다. 게다가 강력한 마녀 메데이아가 돕고 있습니다. 아마도 신들은 황금 양털이 콜키스 바깥으로 유출되는 것을 원치 않는 것 같습니다. 그런데도 이 일에 목숨을 바치겠다니 안타까울 뿐입니다."

청년들의 이야기는 영웅들을 불안하게 만들었다. 이아손은 분위기를 바꾸지 않으면 안 될 것 같다는 생각이 들었다.

"나는 황금 양털 없이는 돌아가지 않을 겁니다. 신들 중 일부는 황금 양털이 계속 콜키스에 있기를 바라겠지만 라피스티움산의 제우스 신전에 올려지기를 바라는 신들도 있을 겁니다. 우리가 거친 파도와 휘몰아치는 폭풍우를 헤치고 바다를 건너 머나먼 여기까지 온 것 자체가 위대한 신들이 우리를 돕고 있다는 증거 아닐까요?"

젊은이들은 그 말이 맞다며 고개를 끄덕였다.

"그건 저희도 놀랍습니다."

"그대들이 우리를 만나 이런 정보를 주게 된 것도 다 신들의 뜻이라고 생각합니다."

"맞습니다. 우리는 끝까지 당신들을 도울 겁니다. 우리 목숨을 구해주신 은혜를 꼭 갚겠습니다. 당신들을 위해 기꺼이 우리 목숨을 바치겠습니다."

이제 비로소 이야기가 정리되었다.

"좋소. 우리 배에는 그대들이 앉을 자리가 충분합니다. 함께 갑시다."

아르고호는 마침내 다시 바다에 떠워졌다. 콜키스를 향한 항해가 시작된 것이다.

　이번 항해는 전과 달랐다. 아르고호는 넓은 바다로 거침없이 나아갔다. 프릭소스의 아들들이 방향을 정확히 말해줬기 때문이다. 어디로 가야 하는지에 대한 고민은 끝났다. 이제 황금 양털을 찾는 일만 남았다.

8

황금 양털을 내놓아라

그 뒤로 아흐레 동안 아르고호의 영웅들은 계속 항해했다. 날씨는 화창하고 바다는 잔잔해 모두가 그들을 환영해주는 것만 같았다. 열흘째 되는 날 아침, 마침내 눈앞에 거대한 산이 나타났다. 키티소로스가 손가락으로 가리키며 말했다.

"저 산이 바로 카프카스산맥입니다."

말로만 듣던 카프카스산맥이었다. 그 산 어딘가에 프로메테우스가 못 박힌 채 매일매일 독수리에게 간을 뜯기고 있다는 이야기를 들은 적 있었다.

"저 산에 프로메테우스가 있다는 거지?"

"맞아. 맞아. 인간들을 위해서 불을 가져다주신 바로 그분이 저곳에 계시지."

그 말을 듣기라도 한 듯 독수리 한 마리가 하늘에서 선회하다가 산쪽으로 날아갔다.

"저 독수리가 바로 프로메테우스의 간을 쪼아 먹는 것이로군."

"맞아. 제우스 신의 독수리가 틀림없어."

아르고호의 영웅들은 프로메테우스가 인간을 위해 얼마나 큰 희생을 했는지 다시 한번 되새겼다. 모두들 숙연한 마음이 되어 자신들도 목적을 달성하기 위해 최선을 다해야겠다는 결심을 다졌다. 모두들 말없이 노를 젓고 있는데, 키티소로스가 들뜬 목소리로 외쳤다.

"드디어 콜키스입니다! 오른쪽으로 배를 돌려서 강을 따라 올라가세요. 이 강은 바로 파시스강입니다. 아이에테스의 영토를 굽이굽이 흘러 어루만진 뒤 바다까지 이어지는 강이지요."

영웅들은 강으로 들어가기 전, 잠시 쉬면서 대화를 나누었다. 키티소로스가 앞으로 닥칠 여러 가지 난관을 다시 한번 설명해주었다. 그의 이야기를 들으면 이 임무는 도저히 불가능해 보였다. 모든 영웅들이 겁에 질려 있는데, 딱 한 사람 이아손만은 전혀 흔들리는 모습을 보이지 않았다. 그는 빙글빙글 웃기까지 했다. 그는 헤라 여신이 자신을 끝까지 도와줄 것임을 잘 알고 있었기 때문이다.

이때 헤라는 올림포스에서 이 모든 것을 내려다보고 있었다. 헤라 혼자만 이아손을 돕는 것이 아니었다. 그녀 곁에는 지혜로운 신 아테나가 있었다. 헤라는 아테나를 찾아가 이아손을 끝까지 도울 방법을 물었다.

"나를 도와준 이아손이 목적을 달성할 수 있게 도와주고 싶다. 어떻게 하면 좋겠느냐?"

"참으로 어렵네요. 이보다 어려운 과업은 찾기 어려울 겁니다."

"그러니까 나를 도와달라는 것 아니냐?"

아테나는 잠시 생각하더니 모든 불가능을 가능하게 만들고 가능한 것을 불가능하게 만드는 비법을 말해주었다.

"이아손을 도와줄 사람을 만들면 돼요."

"지금 그의 주위에는 강력한 적들뿐이다. 어떻게 저들이 이아손을 돕게 만들 수 있단 말이냐?"

"모든 성공은 적의 핵심을 공략하는 데서 나옵니다. 핵심을 자신의 것으로 만들면 되지요."

"핵심이라면 누구를 말하는 것이냐? 혹시 메데이아?"

"맞습니다. 메데이아를 이아손의 사람으로 만들면 됩니다."

"메데이아는 황금 양털을 목숨처럼 지키는 자 중 하나다. 그게 어찌 가능하단 말이냐?"

"이럴 때 써야 하는 게 바로 신비의 화살입니다. 아프로디테의 아들 에로스를 활용하세요."

그 순간, 헤라는 깨달았다. 사랑의 화살만이 이 불가능한 과업을 가능하게 만들 것이다.

"아, 그토록 간단한 방법이 있었구나. 고맙다."

아테나와 헤라는 아프로디테를 찾아갔다.

"어쩐 일로 절 다 찾아오셨어요?"

아프로디테는 강력한 여신들이 자신을 찾아오자 기쁜 마음으로 이야기를 들었다. 듣고 나서는 별것 아니라는 듯 가볍게 대답했다.

"그 정도는 아무것도 아니에요. 걱정하지 마세요. 제 아들 에로스를 보내겠습니다. 이아손은 자신의 배에 황금 양털을 싣고 고향으로 돌아갈 수 있을 겁니다."

헤라와 아테나가 떠난 뒤 아프로디테는 에로스를 불렀다.

"에로스, 할 일이 있다. 이 일은 인간들의 역사를 바꾸는 일이야."

"어머니, 말씀만 하세요. 누구에게 화살을 쏘면 되나요?"

"저기 보이는 메데이아의 가슴을 사랑의 화살로 관통시켜라. 그녀의 마음이 이아손을 보고 불타오르도록."

"알았습니다."

에로스는 화살을 쏠 기회를 엿보며 메데이아 부근을 어슬렁거렸다. 다음 날 아침, 찬란한 태양이 떠올랐다. 헤라는 두려움에 떠는 이아손에게 신표를 보내고 싶었다. 이아손이 뱃머리에 올라 이것저것 지시하고 있는데, 갑자기 하늘에서 비둘기 한 마리가 날아왔다. 그 뒤를 매가 쫓고 있었다.

"앗, 매가 비둘기를 쫓고 있다."

비둘기는 마치 내리꽂듯 떨어져 아르고호에 있는 이아손의 품 안으로 들어왔다. 그 뒤를 쫓아 매가 번개 같은 속도로 내려오자 이아손은 재빨리 화살을 꺼내 매를 쏘아 떨어뜨렸다. 그 모습을 본 테살리아의 예언자 몹소스가 말했다.

"좋은 징조입니다. 사랑의 새인 비둘기가 그대의 품에 들어왔군요.

이건 신들이 당신을 돕는다는 뜻입니다."

"하하, 어찌 되었든 기분은 좋군요."

비둘기를 하늘로 날려 보낸 뒤 이아손과 영웅들은 배를 저어 강을 올라가기 시작했다. 하루 종일 항해해 배는 마침내 콜키스의 수도 아이아에 도달했다. 아이아의 높은 산꼭대기에서 아이에테스의 견고한 궁전이 저녁 햇살을 받아 반짝이고 있었다.

"아, 저곳이구나. 이제 우리의 여정이 끝나간다."

영웅들은 기뻐하며 서로 끌어안았다. 하지만 그들은 목적지에 도착했을 뿐, 이제부터 어떻게 해서 황금 양털을 되찾을 것인가 하는 문제에 대해서는 아무런 계획도 없었다.

"우리가 이렇게 노출되는 것은 좋지 않습니다. 배를 숨깁시다."

영웅들은 배를 몰아 갈대밭에 숨겨두었다. 어둠이 내리자 영웅들은 배 한가운데 모여 의견을 나눴다. 혼자보다는 여러 사람의 머리를 합치면 좋은 방법이 나올 수 있기 때문이다.

"자, 이제부터 작전을 짜보세. 어떻게 하면 좋겠는가?"

영웅들은 각자 의견을 내놓으면서 어떻게 하면 좋을지 이야기했다. 다음 날 키티소로스와 그의 형제들이 앞장섰다. 이곳의 지리를 잘 아는 이들 형제가 길잡이가 되어 일행들을 이끌었다. 이아손은 그들의 안내에 따라 아이에테스의 궁전으로 발걸음을 옮겼다. 일행에는 헬리오스의 아들 아우게이아스도 있었다. 아우게이아스는 자신의 형제인 아이에테스를 너무나도 만나고 싶었다. 모든 영웅이 머리를 모은 결과 이렇게 당당히 나서게 되었다. 전날 회의에서 그들은 아무도 모르게 황금 양털을 가져갈 수 없다면 차라리 당당하게 요구하자는 쪽으로 결론을 내렸다. 일부는 몰래 가서 황금 양털을 훔쳐 오자는 의견을 내놓았지만, 일단 정정당당하게 도전해보기로 한 것이다. 하지만 이것은 너무나도 위험하고 무모한 계획이었다. 여러 사람이 반대하자 이아손이 말했다.

"우리 계획은 처음부터 무모했습니다. 우리의 용기와 우리의 실력만이 목표를 달성할 수 있게 해줄 겁니다."

동료들을 설득한 이아손은 마침내 궁전 입구에 다다랐다. 이때 갑자기 짙은 안개가 몰려와 이아손과 영웅들을 감싸 누구도 그들을 보지 못하게 가려줬다. 네펠레가 보내준 안개였다. 짙은 안개 속에서 그들은 누구의 방해도 받지 않고 궁전 앞마당까지 들어갈 수 있었다. 아이에테스의 궁전은 활기와 윤기가 넘쳐흘렀다. 분수에서는 우유와 포도주가 뿜어져 나왔다. 드넓은 궁전 구석구석이 번영을 누리고 있는 나라답게 호화스러웠다.

"아, 이것이 바로 황금 양털이 주는 풍요로움이로구나."

콜키스 사람들이 풍요로운 삶을 누리고 있는 것을 보자 이아손은 황금 양털을 가져가야겠다는 생각이 더더욱 강해졌다. 이들을 가장 먼저 발견한 것은 네 명의 아들을 잃고 슬픔에 빠져 있던 칼키오페였다.

"아들들아! 너희들이 살아서 돌아왔구나! 신이시여, 감사합니다!"

그녀가 다급히 다가와 아들들을 끌어안으려고 하는데, 아이에테스가 나타났다. 소문이 퍼진 것이다. 그는 이방인들과 함께 돌아온 칼키오페의 아들들을 보자 마음이 어두워졌다. 저들이 추방당한 게 얼마전인데, 어떤 신의 조화로 돌아오게 된 것인지 알 수 없었기 때문이다.

"너희들은 어떻게 돌아온 것이냐? 너희들은 지금 그리스에 가 있어야 하는 것 아니냐?"

"대왕이시여!"

키티소로스가 대표로 말했다.

"대왕의 뜻에 따랐더라면 저희들은 난파당해 죽었을 겁니다. 그런데 우리를 구해준 이들이 있었습니다. 바로 이들입니다. 이들은 그리스에서 온 우리들의 동포이지요."

그러자 아우게이아스가 아이에테스 앞에 먼저 나섰다.

"나는 엘리스에서 온 당신의 형제입니다."

하지만 아이에테스는 꼴 보기 싫다는 듯 외면했다.

"나한테 뭘 바라는 것이냐? 난데없이 낯선 자들이 나타나 왜 친한 척하는 거냐?"

아우게이아스는 순간 무안해졌다. 그는 이아손을 바라보며 말했다.

"그대가 나서야 할 것 같습니다."

표범 가죽으로 만든 옷을 입은 이아손이 당당하게 앞으로 나섰다. 천장을 뚫고 내려온 햇살에 그의 아름다움과 젊음이 휘황찬란하게 빛을 발했다.

"내가 이들의 우두머리인 이아손이오."

그의 목소리가 회랑에 쩌렁쩌렁하게 울렸다. 궁전 안으로 들어오던 메데이아의 시선이 이아손에게 쏠렸다. 메데이아는 황금빛 눈동자를 가지고 있는 아름다운 여인이었다.

"아, 저렇게 아름다울 수가……."

이아손

이아손은 《그리스 로마 신화》에서 가장 용감한 영웅 가운데 한 사람이야. 삼촌 펠리아스에게 빼앗긴 왕위를 되찾기 위해 영웅들을 모아 아르고호를 타고 황금 양털을 찾는 모험을 떠나지. 이아손은 뛰어난 리더였지만, 마법사 메데이아의 도움을 받아야만 황금 양털을 손에 넣을 수 있는 운명이었어. 그의 모험은 《그리스 로마 신화》에서 가장 유명한 이야기 중 하나로 남아 있어. 리더십으로 따지면 《그리스 로마 신화》의 영웅 중 최고가 아닐까 싶어. 동료들의 마음을 모아 어떤 고난도 이겨냈기 때문이야.

이아손과 영웅들은 아름다운 메데이아를 보고는 모두 할 말을 잃었다. 할 말을 잃은 것은 메데이아 역시 마찬가지였다. 죽은 줄 알았던 프릭소스의 아들들이 무사히 돌아왔다. 그런데 아버지가 그들에게 적대적인 감정을 보이고 있지 않은가.

"너희들이 그리스에서 왔다고? 거짓말하지 마라."

"이 근육을 보시오. 이곳까지 오느라 수개월 동안 노를 젓다 보니 탄탄해진 근육이오."

영웅들은 자신들의 구릿빛 팔뚝을 보여주었다.

"너희들이 심플레가데스를 뚫고 지나왔다고? 믿을 수 없다. 게다가 라오메돈은 헬레스폰토스해협을 지나는 그 어떤 배도 통과시키지 않는 자다. 그런데 그곳을 뚫고 왔다고?"

이아손은 침착했다.

"그 이야기는 차차 하겠소. 어쨌든 신들이 우리를 도운 것 아니겠소. 정식으로 인사하겠습니다. 나는 헬리오스의 후손으로, 이름은 이아손이라고 하오. 내 아버지는 아이손이시오."

메데이아는 청년의 당당한 모습에서 눈을 뗄 수 없었다. 기회는 이때였다. 진즉부터 와서 궁전 안을 날아다니고 있던 에로스는 화살을 겨눠 메데이아의 심장을 뚫어버렸다. 그의 화살은 알다시피 절대 빗나가지 않는 사랑의 화살이었다.

'아!'

화살이 꽂힌 순간, 메데이아는 이아손에 대한 사랑의 감정이 싹트기 시작했다. 이렇게 잘생긴 남자는 본 적 없었다. 넘쳐나는 사랑의 감정에 메데이아는 황홀해졌다. 그가 원하는 게 있으면 무엇이든 해주고 싶었다. 그가 죽으라면 죽는 시늉까지 할 것 같았다. 이아손도 메데이아를 바라봤다. 아름다운 미모에 화려한 의상을 차려입은 여인이 자신에게서 눈을 떼지 못하고 있다는 것을 본능적으로 알 수 있었다. 그 순간, 이아손이 말했다.

"우리는 이올코스의 왕 펠리아스의 명을 받고 이곳에 왔습니다. 우리는 신탁에 의해 이곳까지 온 겁니다."

"도대체 어떤 신탁이길래 이곳까지 왔다는 것이냐?"

"그리스에서 온 소중한 물건을 되찾으러 왔습니다. 아마 당신들도 언젠가는 그리스에서 온 자들이 황금 양털을 가져갈 거라는 신탁을 받았을 겁니다. 지금이 바로 그 순간입니다."

아이에테스는 그 말을 듣자 자리에서 벌떡 일어났다.

"이 불한당 같은 놈들이 어디서 말도 안 되는 사기를 치고 있느냐? 황금 양털을 가져가겠다고?"

이아손은 말했다.

"나는 황금 양털을 그리스로 가져가야 합니다. 순순히 넘겨주기 바랍니다."

그 말을 듣자 메데이아도 놀랐다. 그동안 황금 양털을 지키느라 자신 역시 갖은 애를 써왔기 때문이다. 아이에테스는 금방이라도 칼을 뽑아 이아손 일행을 죽일 것처럼 날뛰었다.

"황금 양털을 지키기 위해서라면 나의 모든 군사들과 나의 모든 백성들이 나서서 마지막 한 사람까지 목숨을 바쳐서 싸울 것이다. 신탁이든 뭐든 필요 없다. 당장 내 눈앞에서 꺼져라."

이아손은 침착했다. 흥분하는 자를 이기는 방법은 침착함밖에 없기 때문이다.

"그렇게 말해도 황금 양털은 결국 내가 가져가게 될 겁니다. 생각해 보십시오. 그 양이 어디에서 왔습니까? 오르코메노스에서 왔으니, 황금 양털은 거기로 돌아가야 합니다. 그래야만 프릭소스의 아버지인 아타마스가 안정을 얻게 될 겁니다."

"여봐라, 저자들을 모두 내쫓아라."

무장한 병사들이 궁전 안으로 몰려왔다. 영웅들은 일제히 칼과 창을 뽑아 들었다. 그 순간, 이아손이 제지했다.

"잠깐만요. 내 얘기는 아직 끝나지 않았습니다. 황금 양털을 그냥 달라는 게 아닙니다. 이 세상에 공짜는 없으니까요. 여기에 그리스 최고의 용사들이 있습니다. 초능력을 가진 자도 있고 신과 견줄 만한 자도 있지요. 당신이 해결하지 못한 어려운 문제가 있다면 우리가 해결해주겠습니다. 산적이 있다면 처치해줄 것이고, 괴물이 있다면 퇴치해주겠습니다. 당신을 골치 아프게 만드는 일을 해결해줄 테니 무엇이든 말씀하십시오. 그 대가로 황금 양털을 받아가겠습니다."

아이에테스는 들은 척도 하지 않았다.

"너희들의 힘 따위는 필요 없다. 어떤 문제든 나 혼자서도 다 해결할 수 있다."

하지만 그 이야기를 들으면서 아이에테스는 내심 잘하면 손대지 않고 코를 풀 수 있을 것 같다는 생각이 들었다. 그 누구도 해결할 수 없는 어려운 임무를 주면 황금 양털을 주지 않고도 자연스럽게 그들을 돌려보낼 수 있을 것이기 때문이다.

"좋나. 갑자기 생각나는 게 있구나. 어떤 인간도 할 수 없는 일인데, 이야기라도 한번 들어보겠느냐?"

이아손은 웃으며 말했다.

"대왕께서는 대화가 되는 분이군요. 말씀하시지요. 우리는 오로지 황금 양털을 얻기 위해 이곳에 왔습니다. 다만 이야기를 하기 전에 우리가 그 일을 해낸다면 황금 양털을 주겠다고 하늘에 맹세하십시오."

"맹세하겠다."

아이에테스는 오른손을 들어 올렸다. 그러자 영웅들도 같이 손을 들어 올렸다. 그 맹세를 받겠다는 뜻이었다.

"자네를 위해 경고하겠네. 이 임무를 해내지 못하고 죽을 수도 있어. 게다가 조건이 있다네. 이 임무는 자네 혼자 다 해내야 되네. 자네도 맹세하게. 자네 혼자 힘으로 이 임무를 해내고, 설령 그 과정에 죽거나 불행한 일을 당하더라도 나를 원망하지 않겠다고 말일세."

"제우스 신의 이름으로 맹세합니다. 내 힘과 재주가 부족하다면 기꺼이 죽음을 받아들이겠습니다."

"하하하하!"

아이에테스는 자신만만한 얼굴로 의자에 앉았다.

"여봐라, 무기를 거두고 이자들에게 먹을 것과 포도주를 대접해라."

그는 자세한 이야기를 하기도 전에 자신이 이겼다고 생각하며 승자의 여유를 부렸다. 아이에테스는 이아손 일행들을 자리에 앉게 하고 먹을 것을 대접했다.

"이제부터 그대들은 나와 거래를 하러 온, 나의 손님이다."

포도주를 한 잔 마시고 분위기가 부드러워지자 이아손이 물었다.

"대왕이 바라는 것은 무엇입니까?"

"전쟁의 신인 아레스가 오래전부터 나에게 한 얘기가 있네. 자신의 돌밭을 하루 만에 다 갈고 그곳에 씨를 뿌려서 하루 만에 결실을 거둘 수 있다고 자신하는 무모한 자가 있으면 데려오라고 했지. 그래서 나는 약속했다네. 그 일을 해낼 수 있는 영웅을 한 사람 찾아내겠노라고. 그런데 그 일을 해낼 만한 자를 이곳에서는 볼 수 없었다네."

이아손은 자신에게 그 일을 시키려 한다는 것을 알 수 있었다.

"할 수 있습니다. 어떤 장애물이든지 헤쳐 나가겠습니다. 약속이나 반드시 지키시기 바랍니다."

"하하하! 어리석기 그지없구나. 자네가 임무를 완수하고 살아남을 수 있는 약속이라면 내가 맹세했겠나? 자네가 반드시 죽을 것이기 때문에 그런 맹세를 한 거야. 아레스의 밭으로 안내해줄 테니 가서 이 일을 해내보게. 내가 하나만 말해주지. 평범한 황소는 아레스의 밭을 갈 수 없다네."

"그게 무슨 말입니까?"

"다행히도 나에겐 헤파이스토스가 선물해준 소가 있어. 숨 쉴 때마다 불을 내뿜는 황소지."

영웅들은 그 이야기를 듣자 두려움에 떨었다.

"황소라기보다는 맹수에 가까운 이놈을 데리고 가서 밭을 갈아야 하네. 그 황소에게 가까이 가는 것만으로도 자네는 죽을 수 있어. 자네를 뿔로 받아서 허공에 띄운 뒤 땅에 떨어지기도 전에 입에서 불을 내뿜어 통구이로 만들어버릴 거야."

"그까짓 소는 충분히 길들일 수 있습니다."

이아손이 당당하게 말했다.

"그래, 좋아. 하지만 돌밭을 가는 것도 문제일세. 한두 번만 휘둘러도 쟁기 날이 부러져 나갈 거야. 돌이 너무 많거든. 아하하하!"

"그 밭도 내가 갈겠습니다."

"만에 하나, 밭을 갈았더라도 씨를 뿌려야 하네. 흥, 자네가 뿌려야 할 씨앗은 밀이나 옥수수 따위가 아니야."

"그럼 무엇입니까?"

"바로 이것이지."

아이에테스는 옆에서 자루를 꺼내 보여주었다. 그 안에 파랗고 빨갛고 하얀 각양각색의 용 이빨이 수북이 들어 있었다.

"용의 이빨이 싹트면 그때는 끝이야. 용의 이빨이 싹트면 용맹한 전사가 나올 걸세. 그 전사들을 모두 무찔러야 돼."

듣고 있던 영웅들이 자리를 박차고 일어났다.

"말도 안 됩니다. 도저히 사람이 할 수 있는 일이 아니잖습니까?"

"그렇게 생각하면 지금 바로 배를 타고 돌아가면 되네. 다시 한번 말하지만, 이 모든 일을 이아손 혼자 해야만 돼. 성공하더라도 황금 양털을 가져오는 게 쉽지 않을 걸세. 황금 양털에 가까이 다가가기도 전에 자네는 용에게 잡아먹힐 거야. 황금 양털을 지키는 용이 얼마나 큰지 자네들 모두를 다 집어삼키고도 남을걸. 게다가 이 용을 죽이려고 생각한다면 정말 어리석은 것이지. 이 용은 불멸의 존재거든. 잠잘 때 몰래 황금 양털을 가져오려 해도 소용없어. 절대 잠들지 않는 용이기 때문이야."

"그런데 그런 이야기를 왜 모두 다 해주는 겁니까?"

이아손이 다시 물었다.

"황금 양털을 가져가겠다며 찾아온 멍청이들은 자네들이 처음이기 때문이지. 이제 곧 죽을 테니 자신이 왜 죽을지 언제 죽을지 알고 죽으라고 이야기해주는 거네."

영웅들은 이야기만 듣고도 두려움에 떨었다. 이렇듯 엄청난 일을 이아손이 혼자 해내야 한다니 그가 죽을 게 분명하다는 생각에 너무도 두려웠다. 그런데 가장 두려워하며 이 이야기를 듣고 있는 사람은 영웅들이 아니었다. 왕의 뒤에 앉아 있는 아름다운 메데이아였다. 그녀의 황금빛 눈동자가 흔들리는 것을 보며 이아손은 말했다.

"나는 어쨌든 이 일에 도전하겠습니다. 나는 황금 양털을 되찾아 오겠다고 온 그리스에 약속했습니다. 빈손으로 돌아가는 것은 아무 의미가 없지요. 차라리 시체가 되어 돌아가는 것이 낫습니다. 내일 아침 당장 아레스의 밭으로 가겠습니다. 안내해주시지요."

"허허허허!"

아이에테스는 포도주를 단숨에 마신 뒤 양 다리 하나를 들고 우적우적 뜯어 먹으며 말했다.

"용감하군. 자네가 황금 양털을 가지고 온다면 나를 또다시 만날 수 있겠지. 영웅이라 불리는 자가 죽는 모습을 보게 되다니 정말 좋은 구경거리로군. 하하하하."

이아손은 결심을 다졌다. 죽어도 어쩔 수 없었다. 죽을지 살지는 신들만 알 뿐이다. 기죽지 않고 당당하게 말했지만 사실 그에게는 희망이 없었다.

"내일 새벽, 궁전 앞으로 오겠습니다."

이아손은 아이에테스가 나눠준 음식을 들고 궁전을 나섰다. 영웅들은 모든 희망을 잃은 듯 터덜터덜 배로 돌아갔다. 반면, 아이에테스는 재밌는 구경을 하게 되었다는 듯, 만족스러운 얼굴로 잠자리에 들었다.

'어리석은 자들 같으니라고. 어디 두고 보자.'

9

끝내 황금 양털을 손에 넣다

이아손이 호기롭게 자신의 목적을 말하고 아르고호로 돌아간 뒤 메데이아는 세상의 모든 번뇌를 혼자 짊어진 듯했다. 사랑에 눈먼 포로가 되었기 때문이다. 아무리 이성적으로 생각해도 자신은 구렁텅이에 빠진 것 같았다. 아버지 편을 들려면 사랑하는 이아손이 실패하길 바라야 한다. 사랑하는 이아손 편을 들려면 아버지를 배신해야 한다. 그녀는 마녀이기 때문에 마법으로 이아손이 황금 양털을 가져가도록 도울 수 있었다. 하지만 어떻게 그렇게 한단 말인가.

갈등은 있어야 할 것과 있는 것 사이의 괴리라고 할 수 있다. 그녀에게 있어야 할 것은 황금 양털이었다. 그런데 그것은 이제 이아손의 행복으로 바뀌었다. 이아손을 도와주지 않는다면 자신도 행복해질 수 없게 되어버린 것이다. 이것이 바로 사랑이다. 하지만 이아손은 헤파이스토스의 황소들을 몰아 밭을 갈고 용의 이빨을 뿌린 뒤 튀어나온 전사들을 물리쳐야 했다. 언제 죽어도 이상할 게 없는 처지인데도 도울 방법이 없었다. 부모를 공경하는 것은 동서고금을 막론하고 인간이 엄마의 배 속에서 나온 순간부터 이어지는 철칙이다. 메데이아는 자신의 머리를 쥐어뜯으며 밤새 절규했다.★

'오, 신이시여. 어찌하여 저에게 이러한 고통을 주십니까? 사랑하는 남자를 죽게 놔둬야 합니까? 아니면 아버지를 배신해야 합니까?'

해가 뜰 때까지 메데이아의 고민은 계속됐다. 그녀는 마침내 제3의 방법을 찾아냈다. 메데이아가 생각해낸 방법은 바로 자신이 사라지는 것이었다.

'그래. 내가 죽어버리면 되는 거 아니야? 죽음의 독초를 먹고 이 세상을 떠나겠어.'

그녀는 자신의 약초 창고에 가서 죽음의 독초를 꺼내 들었다. 이 독초를 갈아서 물에 타 마시면 그대로 이 세상을 떠날 수 있었다. 그때 메데이아의 언니 칼키오페가 눈치채고 달려왔다.

"메데이아, 밤새도록 고민하다 네게 왔어."

"언니, 무슨 일이에요?"

"흑흑흑, 메데이아. 내 아들들을 좀 살려다오. 이아손 일행의 앞잡이가 되어 그들을 이곳까지 이끌고 왔다고 아버지가 내 아들들을 죽이겠다고 벼르고 있어. 간신히 살아온 아이들을 죽게 할 순 없잖니."

그러자 메데이아도 눈물을 터뜨렸다.

"언니, 내 얘기도 좀 들어보세요. 나는 지금 죽고만 싶어요."

메데이아는 자초지종을 털어놓았다. 자신이 밤새 고민하던 내용을 이야기한 것이다. 그래서 독초를 먹고 죽을 결심을 했다고 털어놓았다.

"하지만 막상 죽으려고 생각해보니 내가 무슨 잘못을 했나 싶어요."

이야기하는 동안 메데이아는 마음이 변했다. 여자의 마음은 갈대라고 했던가. 모든 것이 분명해졌다. 자기가 죽는다면 칼키오페의 아들들도 죽을 것이다. 그렇게 여러 사람이 죽느니 아버지의 계획을 망가뜨리는 것이 가장 간단한 답이라는 생각이 들었다. 황금 양털이 없어진다고 해서 아버지가 죽는 것도 아니지 않은가.

"언니, 이제 내가 뭘 해야 할지 알겠어요."

메데이아는 결심한 듯 독초를 집어 던지고 밖으로 나갔다. 그녀는 말을 타고 성 밖으로 미친 듯이 달려 나갔다. 어둠 속을 뚫고 달려간 그녀가 도착한 곳은 바로 헤카테의 신전이

여기서 잠깐!!

《그리스 로마 신화》에서 메데이아는 아버지와 형제, 그리고 자신의 나라를 배신한 여인으로 그려져. 하지만 조금만 시선을 다르게 해서 생각해봐. 콜키스는 오늘날의 조지아 부근이야. 조지아는 지금도 변방의 가난한 나라이지. 그런 곳의 공주 메데이아가 볼 때 그리스는 최고의 선진국이고 이아손은 젊고 잘생기고 말솜씨도 좋은, 멋진 신랑감이었을 거야. 당연히 그런 남자를 다시 만나긴 어려울 거라는 생각이 들지 않았을까. 다가온 기회를 잡아 더 큰 나라로 가서 자신의 삶을 더욱 멋지게 만들고 싶다는 생각을 하지 않는 게 더 이상한 것 아닐까. 가난한 변방의 나라에서 부자 나라의 젊고 능력 있는 이아손을 차지하는 건 누구나 한 번쯤 도전해보고 싶은 일이었을 거야.

었다. 해가 뜨기 전, 아직 보름달이 떠 있는 하늘을 보며 메데이아는 두 팔을 벌리고 여신의 이름을 몇 번이나 불렀다.

"헤카테 여신이시여, 여신이시여, 여신이시여."

메데이아의 부름에 헤카테가 모습을 드러냈다. 신비로운 달빛이 신전 안으로 쏟아져 들어왔다. 메데이아는 여신 앞에 엎드려 빌었다.

"제가 사랑하는 남자를 살릴 수 있는 방법을 알려주세요."

여신은 이미 모든 것을 알고 있었다.

"오, 불쌍한 메데이아. 너에게 강력한 마법의 연고를 만드는 방법을 알려주마. 이 마법의 연고는 너무나 강력해서 너의 소원을 충분히 이룰 수 있게 해줄 것이다."

메데이아는 기쁜 마음에 헤카테의 이야기에 귀를 기울였다. 그녀는 프로메테우스가 제우스의 벌을 받고 있는 절벽으로 달려갔다. 절벽 아래에는 오랫동안 프로메테우스가 흘린 피를 받아 먹고 자란 풀이 무성하게 우거져 있었다. 메데이아는 풀을 잔뜩 꺾어 마법의 연고를 만들었다. 마침내 완성된 마법의 연고를 들고 이아손에게 달려갔다. 아르고호 앞에 선 메데이아는 이아손을 불렀다.

"이아손! 이아손!"

이아손 역시 잠들지 못하고 있었다. 배 안은 온통 침울한 분위기였다. 영웅들이 말했다.

"이아손, 여기까지 온 것만으로도 대단합니다. 그냥 포기하고 돌아갑시다."

"맞아요. 당신의 목숨을 바치면서까지 황금 양털을 구하려고 시도할 필요는 없어요."

그러나 이아손은 고개를 저으며 결연히 말했다.

"하지만 나는 신과 그리스 사람들 앞에서 맹세했습니다. 사나이라면 자신이 한 맹세는 지켜야 하지요."

그때 배 아래에서 누군가 조심스럽게 외치는 소리가 들렸다. 영웅들은 모두 뱃전으로 나가 아래를 내려다봤다. 메데이아가 말을 타고 와 있는 것 아닌가. 그 순간, 영웅들은 메데이아가 자신들에게 도움을 주려는 것인지도 모른다는 생각이 들었다.

"……"

그들은 이아손만 남겨두고 조용히 자신의 자리로 돌아갔다. 이아손은 뱃전에 홀로 우뚝 서서 아래를 내려다보며 말했다.

"그대는 메데이아 공주 아니오?"

"잠시 할 얘기가 있어요. 시간을 좀 주세요."

이아손은 이 모든 게 헤라 여신의 뜻이라는 생각이 들었다. 그는 해안가로 내려가 메데이아에게 다가갔다.

"이렇듯 어두운 밤을 두려워하지 않고 다닐 수 있는 것은 역시 그대뿐이군요."

"당신에게 할 말이 있어서 왔어요. 이제 해가 떠오르면 당신은 죽겠지요. 나는 당신이 죽는 것을 원치 않아요."

"무슨 말입니까? 당신은 황금 양털을 지키는 사람이잖아요? 내가 죽는 것이 그대에게 도움이 되지 않습니까? 그런데 이토록 깊은 밤에 와서 나를 걱정해주다니 영문을 모르겠습니다."

"물론 저는 황금 양털을 아끼고 지켜왔습니다. 누군가가 황금 양털을 빼앗아갈 수 있다는 생각은 해본 적도 없어요."

"무슨 말인지 도무지 알 수 없군요. 황금 양털을 지키겠다는 겁니까, 말겠다는 겁니까?"

자신의 마음을 알아주지 않는 이아손의 말에 메데이아는 더없이 슬펐다. 사랑에 빠진 그녀는 냉정한 이아손의 얼굴을 보자 눈물을 참을 수 없었다. 아름다운 그녀의 얼굴에 눈물이 흐르는 것을 보며 이아손은 마음이 약해졌다.

"울지 말고 말씀하세요. 나에게 원하는 것이 무엇입니까?"

"이아손, 나는 당신을 속이러 온 게 아니에요. 물론 속인다고 생각할 수도 있지요. 하지만 이것은 진실이에요. 나는 당신을 도우러 왔어요. 아레스의 밭을 갈 방법을 알려주고 원한다면 황금 양털을 가져갈 수 있도록 돕겠어요. 그러니 내 말을 믿어주세요."

"이해하기 어렵군요. 나를 죽이려는 자의 딸이 나를 돕겠다니요."

"제 말을 들으세요. 설명할 시간이 없어요. 달이 지고 있잖아요. 빨리 강가에서 목욕한 뒤 몸에 이 연고를 바르세요. 이것은 달의 여신이 알려준 마법의 연고예요. 헤카테 여신의 도움으로 얻은 것이지요. 프로메테우스의 피를 먹고 자란 약초로 만든 연고인데, 이 연고를 몸에 바르는 순간, 당신은 이 세상 그 누구보다 강해질 거예요. 헤라클레스의 사자 가죽처럼 이 연고는 당신을 보호해줄 거예요. 당신의 방패와 칼에도 이 연고를 바르세요. 그리고 쟁기에도 바르세요. 그런 뒤에 밭을 갈면서 용의 이빨을 뿌리는 순간, 건장한 거인들이 나올 거예요."

"아, 끔찍한 일이군요. 그들과 어떻게 싸워야 합니까?"

"그다음부터는 내 말대로 하세요."

그녀는 누가 들을까 봐 귀엣말을 해주었다. 이아손은 메데이아의 말을 믿기 어려웠지만, 밑져야 본전이라는 생각이 들었다.

"고맙소, 메데이아. 이 은혜는 잊지 않겠소. 내가 어떻게 보상하면 좋겠소?"

"당신에게 바라는 건 아무것도 없어요. 나에겐 당신의 사랑만이 보답이에요. 당신이 황금 양털을 차지하도록 도와준 게 알려지면 난 더 이상 이 나라에서 살 수 없을 거예요. 그리스로 돌아갈 때 나를 데리고 가주세요. 그것만이 날 살리는 길입니다. 당신과 함께 영원히 행복하게 사는 것이 나의 꿈이랍니다."

그 순간, 이아손은 메데이아를 끌어안았다. 그는 메데이아의 귀에 대고 약속했다.

"반드시 그렇게 하겠소. 맹세하지요. 아프로디테 여신에게 맹세합니다. 나를 따라 낯선 곳으로 가겠다고 한 당신의 용기를 배신하는 일은 없을 거요. 이 세상 끝까지라도 당신과 함께하겠소."

메데이아는 기쁨의 눈물을 흘렸다. 사랑이 이루어진 것이다. 더 이상 머뭇거릴 시간이 없었다.

"어서 빨리 가세요. 이 연고를 바르고 오세요. 당신이 강해질수록 이 연고는 힘을 내서 당신을 도와줄 겁니다. 저는 당신을 믿어요. 당신은 내가 본 최고의 영웅이기 때문이에요. 이따 만나도록 해요."

메데이아는 말을 타고 바람처럼 사라졌다. 달이 지기 전에 달의 정기를 받아야 하기 때문에 이아손은 황급히 강으로 달려가 몸을 던졌다. 차가운 강물에 몸을 담그고 깨끗이 씻은 뒤 온몸에 마법의 연고를 발랐다. 연고를 바르는 순간, 온몸이 화끈거리며 심장이 거세게 뛰기 시작했다. 근육이 두꺼워지면서 숨이 거칠어지고 바위라도 때려 부술 것 같은 힘이 몸 안에서 꿈틀거리는 것이 느껴졌다.

"이제 해가 뜨려고 하는군. 나는 임무를 다하고 오겠네."

이아손은 일행들에게 작별을 고하고 무장한 채 아레스의 밭으로 나아갔다. 해 뜨기 직전에 도착해서인지 아무도 와 있지 않았다. 이아손은 먼저 주변을 둘러봤다. 돌과 바위투성이 평지에 외양간이 있는데, 그곳에서 아이에테스의 황소들이 쉬는 중이었다. 옆에는 청동으로 만든 멍에가 놓여 있었다. 이아손은 쟁기와 멍에, 고삐에 모두 연고를 꼼꼼하게 발랐다. 특히 쟁기 날에는 신경 써서 여러 번 발랐다. 자신의 칼과 방패에도 연고를 발랐다. 마침내 해가 뜨자 아이에테스가 휘황찬란한 전차를 타고 나타났다. 그 뒤로 수없이 많은 신하들이 따라왔다. 건방진 이방인이 죽는 모습을 볼 생각을 하니 아이에테스는 기분이 좋았다. 칼키오페와 메데이아는 서로 꼭 끌어안고 두려움에 떨며 눈빛으로 이아손을 응원했다.

"이제 시작하겠소."

이아손은 죽어도 좋다는 당당한 모습을 보였지만, 메데이아는 사랑하는 연인이 죽을까 봐 떨리는 몸을 가눌 수 없었다. 그녀의 염려는 그녀의 언니 칼키오페가 아들의 죽음을 걱정하는 것과 똑같은 것이었다. 둘은 서로 사랑하는 사람이 죽지 않고 살아남기를 바라는 염원으로 하나가 되었다. 칼키오페가 속삭였다.

"이아손은 헤라 여신이 아끼는 사람이야. 평범한 사람 같으면 이곳까지 올 수도 없었을 거야. 게다가 네가 도와줬으니 분명히 아무런 문제도 없을 거야."

이윽고 단단히 준비한 이아손을 보고 아이에테스가 말했다.

"그대는 죽을 준비가 되었는가?"

"죽을지 살지는 해봐야 아는 일이지요."

"좋다. 외양간 문을 열어라."

목동들은 두려움에 떨며 외양간 문을 열었다. 그 순간, 헤파이스토스의 황소들이 기다렸다는 듯 불을 뿜으며 달려 나왔다. 첫 번째 황소가 날카로운 뿔을 앞세워 이아손에게 덤벼들었다. 이아손은 정면에서 황소의 양쪽 뿔을 잡아 그대로 땅바닥에 머리를 찍어 눌렀다. 달려오던 힘에 뒷다리가 들릴 정도였다. 황소는 한동안 버르적거리다 지쳐 늘어졌다. 두 번째 황소가 뒤이어 공격했지만 역시 다를 바 없었다. 이아손은 두 마리 황소를 붙잡아 찍어 누른 뒤 목과 가슴에 멍에를 연결해버렸다. 평상시 같으면 부러졌어야 하지만 마법의 연고를 바른 멍에는 절대 부러지지 않았다. 거칠게 날뛰었지만 멍에가 부러지지 않자 황소들은 이내 고분고분해졌다. 평범한 황소와 다를 바 없게 된 것이다. 이아손은 날뛰는 황소들을 방패로 눌러 길들였다. 그러고는 돌밭으로 황소들을 몰고 갔다.

"자, 어서 용의 이빨을 주시지요."

"이럴 수가!"

아이에테스는 기가 죽었다. 황소에게 받쳐 죽었어야 할 이아손이 멋지게 황소들을 제압하고 밭을 갈 준비를 마친 것을 보자 불안해졌다.

'아, 이자는 정말 대단한 자로구나.'

하지만 그에게는 아직 희망이 있었다. 용의 이빨에서 용맹한 전사들이 튀어나오면 이아손은 이내 차디찬 주검이 되어 저 돌밭을 나뒹굴 게 분명했다.

"최고다!"

"역시 이아손이야."

뒤따라온 영웅들은 모두 환희의 함성을 질렀다. 반면, 아이에테스와 그를 추종하는 자들의 얼굴은 점점 어두워졌다. 용의 이빨이 담긴 자루를 건네자 이아손은 어깨에 자루를 둘러멘 뒤 채찍을 휘둘러 소들을 움직이게 했다.

"이랴!"

소들은 거칠게 바위를 파헤치며 밭을 갈았다. 이아손은 바위가 파헤쳐진 틈에 용의 이빨을 던져 넣었다. 순식간에 밭을 다 갈고 용의 이빨들을 심은 뒤 이아손은 소들을 풀어주었다. 어느새 순해진 황소들은 지친 듯 비틀거리며 외양간으로 돌아갔다. 이아손은 밭 한가운데 서서 어떤 일이 벌어질지 긴장하며 기다렸다. 다른 사람들도 모두 궁금해하며 쳐다보았다. 마침내 저 멀리에서부터 지진이라도 난 듯 바윗돌들이 부딪히고 땅이 흔들리기 시작했다. 진동이 점점 더 강해지더니 마침내 돌들이 마구 나뒹굴며 거대한 바윗덩어리 사이에서 거인 전사들이 불쑥불쑥 모습을 드러냈다. 그들은 칼과 창을 든 채 사방을 두리번거렸다.

적이 눈에 띄면 일시에 달려들어 모두 짓이겨
버릴 것만 같았다. 아이에테스는 흥미진진하
게 그 모습을 바라보았다.

"아하하하! 이아손, 너의 최후는 바로 지금
이다."

이아손은 펄쩍 뛰어오르며 옆에 있는 가장
큰 바위★를 바로 옆에 있는 거인에게 집어 던
졌다. 거인은 등 뒤를 바위로 맞자 바로 돌아
서면서 칼을 휘둘렀다. 엉뚱하게 옆에 있던 거
인의 목이 날아갔다. 그것이 신호였다. 또 다
른 거인이 덤벼들었다. 칼과 창이 요란하게 부
딪히는 소리가 나며 거인들은 자신의 좌우에
있는 거인이 적이라고 생각하고는 서로 치고
받으며 전투를 벌였다. 거인들은 누가 적인지
도 모른 채 싸우고 있었지만, 이아손은 누가
적인지 잘 알고 있었다.

"나도 거들겠다!"

칼과 방패를 든 이아손은 혼란 속으로 뛰어
들었다. 싸우는 거인들의 빈틈을 타 칼과 창
을 찔러 넣었다. 마법의 연고를 바른 칼과 창
은 날카로워서 거인들을 무처럼 베어 넘겼다.
이렇게 거인들을 죽이는 동안에도 뒤늦게 뿌

여기서
잠깐!!

이아손이 던진 게 바위가 아니라 불
화의 돌이라는 이야기도 있어. 불화
의 돌을 맞은 전사들이 누가 돌을 던
졌냐고 따지다가 서로 죽이기 시작
했다는 거야. 이 이야기는 아무리 탄
탄한 조직도 서로 믿지 않고 다투면
금세 붕괴된다는 것을 알려줘. 이때
전사들이 흘린 피가 이아손이 갈아
놓은 고랑에 줄줄 흐를 정도였다고
해. 마지막으로 남은 전사가 죽으며
한 말이 명언이야. "흙에서 나와 흙
으로 돌아간다. 그런데 대체 누가 돌
을 던진 거야?"

려진 용의 이빨에서 싹이 올라오듯 계속 전사들이 모습을 드러냈다. 그들 역시 싸움에 합류해 서로 치고받고 싸우며 자기들끼리 죽이고 죽였다. 새벽부터 해가 저물 때까지 싸움은 계속 이어졌다. 마침내 어둠 속에 갇혀 휘두르는 칼이 보이지 않을 지경이 되었을 때, 이아손은 마지막으로 남은 거인의 목을 찔러 땅바닥에 쓰러뜨렸다. 온몸에 거인들의 피를 뒤집어쓴 채 이아손은 머리를 쓸어 올리며 아이에테스를 향해 걸어갔다. 이제 추수를 마쳤다고 말할 작정이었다. 이때 모든 것이 자기의 뜻대로 될 것 같지 않자 아이에테스는 황금빛 전차에 올라타 궁전으로 떠날 준비를 하고 있었다.

"아이에테스, 어디 가는 거요? 맹세를 지키시오!"

"쓸데없는 소리 하지 마라! 네놈에게 황금 양털을 줄 순 없다."

아이에테스와 신하들은 모두 돌아갔다. 메데이아는 환하게 미소 지으며 이아손을 사랑의 눈빛으로 바라봤다. 이아손을 잠시 바라보던 메데이아는 아버지를 따라 언니와 함께 궁전으로 돌아갔다. 아이에테스는 궁으로 돌아가자마자 신하들을 불러 모았다.

"모두들 모여라!"

만일의 사태에 대비하고 있던 장군들이 외쳤다.

"폐하, 분부만 내리십시오."

"내가 무슨 명을 내릴지 알 것이다. 당장 오늘 밤 아르고호를 불태우고 그 안에 타고 있는 가증스러운 놈들을 모두 다 죽여라. 한 놈도 빼놓지 말고 죽여야 한다. 내가 직접 지휘하겠다."

하지만 아이에테스의 아내가 그를 말렸다.

"여보, 당신이 그렇게 얘기하는 것도 당연해요. 하지만 진정하세요. 이렇게 너무 흥분했다가는 오히려 이아손의 계략에 당할 수도 있어요. 이아손은 평범한 사람이 아니잖아요. 급할 거 없어요. 잠깐 쉬면서 다시 한번 생각해보세요."

사실 그 말을 하는 것은 헤라였다. 잠시 그녀의 몸에 깃들어 자신이 아끼는 이아손을 보호하기 위해 시간을 벌려고 한 것이다. 그러자 왕자 압시르토스가 반박했다.

"어머니, 적들이 눈앞에 있는데 어떻게 쉬라고 말씀하십니까?"

"애야, 이럴 때일수록 흥분을 가라앉혀야 한다. 저자들은 아직 황금 양털을 차지하지 못했어. 급할 거 없잖니. 지금 우리는 차분해져야 해."

그 말을 들으며 잔뜩 긴장했던 장군들은 맥이 풀렸다. 그녀는 부드러운 손길로 아이에테스를 침실로 이끌었다. 새벽녘 궁전에서 나와 하루 종일 땡볕 아래서 이아손의 활약을 지켜보며 긴장했던 아이에테스는 그대로 코를 골며 잠들었다. 기회는 이때였다. 메데이아는 이아손을 만나기 위해 어둠을 틈타 궁전에서 몰래 빠져나왔다. 이아손은 전날 밤 만났던 숲속에서 그녀를 기다리고 있었다. 메데이아가 황급하게 말했다.

"아, 사랑하는 당신."

두 사람은 반갑게 포옹을 했다.

"아, 나는 그대 덕에 살 수 있었소. 이 은혜를 어찌 갚아야 할지 모르겠소."

"지금 그게 중요한 게 아니에요. 빨리 황금 양털을 차지해야 돼요."

"왜 그렇게 서두르는 거요? 왕과 나는 이미 맹세한 바가 있소."

"당신은 우리 아버지를 모르세요. 궁에 돌아오자마자 신하들을 불러 아르고호를 불태우고 당신은 물론 다른 영웅들까지 다 죽여 없애려고 하셨어요. 지금은 어머니께서 잠깐 쉬라고 하셔서 주무시고 계세요. 오늘 밤밖에 시간이 없어요."

이아손은 당황했다. 하지만 한 무리를 이끄는 자라면 모름지기 시간과 때를 아는 법이다.

"어떻게 하면 좋겠소?"

"맹세해주세요. 나를 절대 버리지 않겠다고. 약속할 수 있어요?"

"그걸 말이라고 하오? 내가 그대를 버린다면 나 역시 신들에게 버림받을 거요. 아무도 없는 황무지에서 죽을 것이고, 내 시체는 새들이 뜯어 먹을 거요."

"그렇게 심한 말은 하지 마세요. 어서 숲으로 가요. 우리 둘만 가도 충분할 거예요."

"알겠소."

이아손은 메데이아와 함께 숲으로 걸어갔다. 아름다운 달빛이 숲 사이를 걷는 그들의 앞을 비춰주었다. 급박한 상황인데도 마치 연인과 산책을 나온 것 같은 기분이 들었다. 마침내 벌판으로 나왔다. 벌판 한가운데 하늘에 닿을 듯 거대한 나무가 높이 솟아 있었다. 그 나무에서 황금색 빛이 뿜어져 나오고 있었다. 바로 황금 양털이었다. 이와 대조적으로 황금 양털 부근 어둠 속에서 퍼런 불빛 두 개가 움직이는 게 보였다. 멀리서 볼 때는 반딧불이 같았지만 가까이서 보니 그건 용의 눈이었다. 바로 황금 양털을 지키고 있다는 잠들지 않는 용이었다.

"엇, 저게 바로 그 용이로군요."

이아손은 깜짝 놀랐다. 어떠한 신이나 괴물도 그 용 앞에 나설 수 없을 것 같았다. 두려움에 떠는 이아손의 손을 메데이아가 꼭 잡아주었다.

"기다리세요. 제가 용을 잠재우겠어요."

메데이아는 마법의 주문을 외우기 시작했다. 주문 소리를 듣더니 갑자기 용의 눈빛이 흐려지다가 마침내 시퍼런 불빛이 사라졌다. 용이 똬리를 튼 채 그대로 잠이 든 것이다. 한 번도 잠든 적 없던 용은 깊은 잠에 빠졌다. 이때 메데이아가 외쳤다.

"어서 가세요. 어서요."

인간 역사상 최고로 위대한 순간이었다. 신들의 뜻을 인간이 정면으로 거역하는 사건이 벌어진 것이다. 이아손은 달려가 달빛을 받아 반짝이는 황금 양털을 두 손으로 잡고 끌어안았다. 어제까지만 해도 꼼짝없이 죽는 줄 알았는데 메데이아의 도움으로 황금 양털을 얻게 된 이아손은 감격했다.

"고맙소, 메데이아. 그대가 없었다면 이 일은 이룰 수 없었을 거요."

황금 양털을 어깨에 걸친 뒤 이아손은 메데이아를 끌어안으려 했다. 그때 메데이아가 말했다.

"빨리 도망가세요. 시간이 없어요. 지금 우리가 이러고 있을 때가 아니에요."

하지만 두 사람은 그녀가 몰래 궁전에서 빠져나올 때 동생인 압시르토스가 미행했다는 사실을 알지 못했다. 압시르토스는 눈치가 빨랐다. 아버지가 아르고호에 불을 지르라고 하는데 어머니와 누나가 말리는 게 이상했다. 예의 주시하다가 메데이아가 궁전에서 빠져나가는 것을 보고 뒤따라온 것이다.

'큰일이군. 빨리 가서 군사들을 불러와야겠다.'

압시르토스는 공을 세울 수 있다는 마음에 서둘러 말을 타고 궁전으로 달려갔다. 한편 아르고호의 영웅들은 메데이아를 만나러 나간 이아손이 돌아오기만을 기다리고 있었다. 모두 언제든 출항할 수 있게 준비해놓은 뒤였다. 그때 저만치에서 황금빛이 출렁이는 게 보였다.

"저기 뭔가 움직이고 있다."

영웅들은 칼이나 창을 든 손에 힘을 주며 어둠 속을 주시했다. 그 빛은 바로 이아손이 어깨에 메고 있는 황금 양털이 뿜어내는 찬란한 빛이었다.

"와, 이아손이 돌아왔다!"

"황금 양털이다!"

이아손 옆에서는 아름다운 메데이아가 함께 달려오고 있었다. 영웅들은 뛰어 내려가 이아손을 끌어올린 뒤 메데이아를 안아 배 위로 올려주었다. 갑판에 올라오자마자 이아손은 다급하게 외쳤다.

"어서 배를 띄워요. 돛을 올리세요. 노를 저어요."

"왜 이리 서두릅니까?"

"군사들이 쫓아오고 있습니다. 지금 도망치지 않으면 우린 모두 다 죽을 겁니다."

영웅들은 일사불란하게 돛을 올린 뒤 노를 저었다.

"고맙소, 메데이아."

영웅들이 여기저기에서 감사의 뜻을 표했다. 메데이아는 수줍은 얼굴로 고개를 숙였다.

"나는 이 여인과 평생 함께하기로 약속했습니다. 우리 둘은 결혼할 겁니다."

"축하합니다. 하지만 인사는 나중에 하고, 어서 노를 저어 큰 바다로 나갑시다."

아르고호는 북소리와 함께 파시스강을 빠르게 지나 바다를 향해 나아갔다. 안카이오스는 뛰어난 키잡이답게 아르고호를 민첩하게 조종했다. 달빛이 환해 강물을 헤쳐 가는 데 아무런 문제도 없었다. 천리안 린케우스도 강바닥을 보면서 깊은 곳으로만 배가 나아갈 수 있게 도왔다. 이윽고 큰 바다에 다다랐지만, 그들은 쉬지 않고 계속 노를 저었다. 마침내 해가 떠오르며 동쪽 바다가 환해지고 달이 서쪽 바다로 저물어갈 때였다.

"아, 모든 게 끝났군요. 안심해도 될 것 같습니다. 이제 고향으로 돌아갑시다."

이아손의 말에 메데이아가 고개를 저었다.

"안심하긴 일러요. 아버지가 이렇게 고이 보내줄 리 없습니다."

그때쯤 압시르토스는 궁전에 도착한 터였다.

"아버지, 어서 일어나세요. 적들이 황금 양털을 훔쳐 갔습니다. 메데이아가 배신했어요. 아버지의 딸이 우리를 배신하고 그들과 함께 떠났습니다."

"뭐라고!"

아이에테스는 벌떡 일어났다. 그 순간, 그는 모든 것을 깨달았다. 아내가 자신을 유혹해서 잠을 재웠다는 것을.

"아내마저 나를 배신했구나. 나를 유혹해서 시간을 벌어준 거야."

아이에테스는 아내의 뺨을 후려치고 방에서 뛰쳐나왔다.

"모두 다 출동하라!"

아이에테스는 직접 배를 타고 나섰다. 콜키스의 전 함대가 추격대를 꾸려서 아르고호를 쫓았다.

"당장 쫓아라. 그자를 꼭 죽여야 한다. 그리고 황금 양털을 털 한 오라기 빠지지 않게 회수해라."

돌격대장이 물었다.

"메데이아를 잡으면 어떻게 해야 합니까?"

"메데이아는 사로잡아와라. 더 심한 벌을 받게 될 것이다."

그러자 옆에 있던 압시르토스가 말했다.

"메데이아가 제일 나쁩니다. 천 번 만 번 죽여야 합니다."

압시르토스는 끔찍한 말을 서슴없이 내뱉었다. 추격대는 살기등등하게 항구를 떠났다.

10

험난한 귀환 길

친구들 사이에서 싸움이 일어났다. 한 녀석은 때리고 한 녀석은 맞았다. 그날 밤 잠을 편안하게 자는 것은 누구일까? 맞은 자다. 또 맞을 일은 없을 것이기 때문이다. 때린 자는 가해자이기에 밤새 두려워하며 발을 펴고 잘 수 없다. 황금 양털을 훔쳐서 도망가는 아르고호의 영웅들은 바로 때린 자의 심정이었다. 황금 양털은 아르고호 꼭대기에 걸려 있었다. 밝게 빛나며 휘날리는 황금 양털을 보며 영웅들은 목적을 이뤘다는 뿌듯함에 가슴이 벅차올랐다. 하지만 그만큼 커다란 불안감이 가슴 안에서 용솟음치는 것도 사실이었다. 아이에테스가 가만히 있을 리 없었기 때문이다. 거대한 함대가 추격해 올 게 뻔했다. 두려움에 떠는 이들을 보며 첩자 노릇을 한 프릭소스의 아들 키티소로스가 말했다.

"자, 그리스로 가는 길은 두 가지가 있습니다. 하나는 당신들이 왔던 길이고, 다른 하나는 이스트로스강을 따라서 항해하다가 서쪽의 에게 해로 나가는 길입니다."

"어느 길로 가는 것이 좋겠는가?"

"이스트로스강을 이용하는 게 좋을 것 같습니다. 강을 따라가야 하다 보니 조금 돌아가는 길이지만 아이에테스는 설마 우리가 그쪽으로 갔을 거라고는 생각하지 못할 겁니다. 도망치는 자는 지름길을 좋아한다는 말이 있지요. 이것 또한 전쟁입니다. 상대방이 생각하는 바를 뒤집어 생각할 줄 알아야 합니다."

영웅들은 실전을 많이 겪은 자들이었다. 키티소로스의 말이 타당하다는 생각이 들었다.

"자, 그럼 우리는 역으로, 다시 말해 북쪽으로 가자."

훌륭한 키잡이 안카이오스는 키를 북쪽으로 돌렸다. 그는 예전에 이스트로스강이 흑해로 통한다는 말을 들은 적이 있었다.★ 아르고호의 영웅들은 돛을 올리고 열심히 노를 저어 북쪽으로 순항했다. 며칠 동안 바다를 항해하다가 마침내 왼쪽으로 갈대가 무성한 육지가 나타났다. 갈대가 있다는 것은 민물이 있다는 뜻이고, 그것은 강과 바다가 합쳐지는 곳에 다다랐다는 의미였다.

"저곳이 이스트로스강이 분명합니다. 저쪽으로 갑시다."

"좋습니다."

그들은 강가를 향해 노를 저었다. 잔잔한 물을 헤쳐 가다 보니 강가에 신전이 하나 서 있는 게 보았다.

"자, 저 신전 앞에서 잠시 배를 정박합시다. 저곳에서 잠시 쉬면서 아이에테스의 추적을 따돌린 것을 감사하며 신들에게 제사를 올립시다."

가까이 다가가니 숲에 둘러싸인 아르테미스 신전이 보였다. 영웅들은 제사를 올리며 간절한 마음으로 기도를 했다.

"아르테미스 여신이시여, 황금 양털을 가지고 무사히 돌아갈 수 있게 도와주십시오."

기도를 올려 신에게 의지하고 나니 마음이 조금은 편안해졌다. 며칠간 불안해하며 도망치느라 지쳤던 영웅들은 모래밭에 담요를 깔고 누워 잠을 청했다.

"적군이 나타났다."

새벽녘, 그들은 갑자기 누군가의 고함 소리에 놀라서 깨어났다. 영웅들은 모두 칼과 창을 들고 벌떡 일어났다.

"어디냐? 어디야?"

눈앞에 믿을 수 없는 장면이 펼쳐졌다. 강을 빼곡하게 채운 함대가 그들을 노리고 있는 것 아닌가.

여기서 잠깐!!

흑해는 40여 개의 크고 작은 강이 흘러드는 바다야. 도나우(다뉴브)강, 돈강, 드네프르강 등 많은 강이 흑해를 거쳐 에게해로 빠져나가지. 그렇기 때문에 흑해의 해협들은 물살이 빠르고 거칠어. 그 옛날 나무배로 이렇게 험한 바다를 항해하려면 목숨을 걸 수밖에 없었지. 이곳의 바닷물은 소금의 농도가 짙어 검은 빛을 띠기 때문에 흑해라는 이름이 붙었어.

"이게 어찌 된 일이냐?"

"교활한 아이에테스가 우리 계획을 꿰뚫어본 것 같습니다."

맞는 말이었다. 아이에테스는 황금 양털을 훔친 이아손이 어디로 갔을까 생각했다.

"그자들은 영리하다. 내가 서둘러 추격해 올 것을 알고 지름길인 바다가 아니라 강 쪽으로 갔을 것이다. 함대는 전부 강을 향해 북쪽으로 올라가라."

그 추측이 제대로 들어맞은 것이다. 엄청난 대군 앞에서 영웅들은 차마 맞서 싸울 엄두를 내지 못했다. 이때 메데이아가 그들을 안심시켜주었다. 그녀는 이아손에게 다가와 말했다.

"적들의 우두머리는 압시르토스일 거예요. 내가 만나볼게요."

"그렇지만 압시르토스는 당신을 미워하잖소?"

"그만 제거하면 우리는 무사히 빠져나갈 수 있을 거예요."

"하지만 그를 어떻게 유인한단 말이오?"

"아르테미스 신전에 숨어 계세요. 제가 유혹해서 데리고 가겠어요."

믿을 것은 메데이아밖에 없었다. 영웅들은 이 일이 큰 저주가 되어 돌아올 것을 모르고 모두 황급히 무기를 거두고 신전 쪽으로 뛰어갔다. 모두 사라지자 메데이아는 물가로 나아갔다. 가장 큰 전함이 재빨리 다가왔다. 바라보니 예상대로 압시르토스가 맨 앞에 서 있었다. 그들은 어머니가 다른 이복남매인데, 이제는 서로를 죽여야 하는 원수지간이 된 것이다.

압시르토스는 메데이아 혼자 물가에 있는 것을 보고는 온갖 욕과 저주를 퍼부었다.

"거기서 기다려라, 이 마녀야! 형제와 아버지와 조국을 배신하고 외지인에게 마음을 뺏긴 음탕한 계집 같으니라고. 너를 가장 먼저 죽일 것이다."

그러자 메데이아는 충격받은 얼굴로 말했다.

"왕국을 이어받을 왕자가 어떻게 그런 험한 말을 할 수 있느냐? 나는 네가 나를 구하러 온 줄 알았다."

"구하러 오다니 무슨 개소리냐? 네가 이아손에게 황금 양털을 건네 주지 않았느냐?"

"아아, 어두워서 제대로 못 봤나 보구나. 이아손이 내 목에 칼을 대고 위협하는 것을 정녕 못 봤단 말이냐? 이아손이 나를 인질로 잡아서 죽인다고 협박했기 때문에 어쩔 수 없이 황금 양털을 건네준 것뿐이다. 너희들이 나를 죽인다면 이 악당들은 기분 좋게 도망가고야 말 것이다. 인질이 된 네 누나를 이렇게 버리고 갈 것이냐? 그런 더러운 오명을 씌우지 말고 차라리 지금 나를 죽여라. 내가 어떻게 조국에 해를 끼친단 말이냐. 이제껏 황금 양털을 지켜온 것은 바로 나 메데이아다. 내가 황금 양털을 넘겼다고 생각했다니, 너무나 마음이 아프구나. 흑흑흑흑!"

메데이아는 주저앉아 통곡했다. 그 모습을 본 장수들이 말했다.

"공주님 말씀이 맞는 것 같습니다."

"맞습니다. 공주님은 그동안 정말 열심히 황금 양털을 지키지 않았습니까? 배신할 이유도 없고요. 그리고 같은 편이라면 벌써 도망갔어야지 왜 혼자 남아 있겠습니까? 이아손, 이 교활한 자가 불리하니까 도망친 겁니다. 공주님을 이용해놓고 버린 겁니다."

모두 다 말이 되는 것 같았다. 압시르토스는 당황해서 메데이아에게 물었다.

"누나, 잠시만 기다려. 그러면 내가 어떻게 해야 한단 말이야?"

메데이아가 두려움에 떨며 말했다.

"저 숲속에서 적들이 나를 노리고 있어. 저들은 내가 배신자라고 오해한 우리 함대가 날 죽이러 오기를 기다렸다가 일제히 화살을 쏠 거야. 나를 구하려면 그들 몰래 데리러 와야 해."

"그 말을 어떻게 믿어?"

"여기에서 기다리면 내가 돌아가서 저들에게 이야기할게. 더 이상 공격하지 않도록 설득했다고 저들을 안심시키고 나면 그때를 노려 나를 구하러 와줘. 내가 빠져나온 다음에 맘껏 공격해도 늦지 않아. 그렇게 해야 황금 양털도 빼앗아 올 수 있어. 잊지 마. 아르테미스 여신은 우리 편이야."

모두들 고개를 끄덕였다. 인질로 잡혀 있는 공주를 구하고, 황금 양털을 되찾고, 간사한 영웅들을 무찌른다면 그들은 더없이 큰 공을 세우게 될 터였다.

"왕자님, 공주님의 말이 이치에 맞습니다. 이곳에서 밤이 될 때까지 기다리는 게 좋겠습니다."

"알았다. 모두 여기에 정박하자. 해가 떨어질 때 움직이겠다."

압시르토스는 순진하게도 메데이아의 말을 믿었다. 날이 저물자 그는 조용히 배에서 내려왔다. 어둠 속에서 메데이아가 나타났다.

메데이아

강력한 마법사이자 치명적 매력을 지닌 메데이아는 콜키스의 공주로 이아손에게 한눈에 반해버려. 사랑에 빠진 메데이아는 마법을 발휘해 이아손이 황금 양털을 손에 넣도록 도와주었어. 그 과정에서 가족과 고국을 배신했지. 이아손과 함께 그리스로 돌아온 후에도 마녀로서의 본성은 유감없이 발휘돼. 그 결과, 《그리스 로마 신화》에서 가장 강력하고 치명적인 여성인 메데이아는 파멸적 사랑과 복수를 상징하는 인물로 기억되고 있어.

"동생아, 어서 오렴. 이아손 혼자 저 신전에 잠들어 있어. 빨리 가서 황금 양털을 가지고 오자. 내가 몰래 빼돌려놨어."

"알았어."

그들은 나란히 신전으로 다가갔다. 신전이 가까워지자 상자 안에서 빛나고 있는 황금 양털이 보였다. 저것만 가지고 돌아가면 모든 게 해결될 터였다.

"오, 여기 있었구나."

압시르토스가 방심한 채 황금 양털로 다가가는 순간이었다. 으슥한 곳에 숨어 있던 이아손이 나타나 칼을 빼 들더니 압시르토스를 덮쳐 단숨에 죽여버렸다. 영웅들이 일제히 나와 거들었다.

"이럴 수가. 나를 배신하다니."

죽는 순간, 압시르토스의 마지막 눈빛은 배반한 자신의 누이 메데이아를 향했다. 압시르토스는 순식간에 차디찬 시체가 되었다. 신전 바닥은 그의 피로 온통 붉게 물들었다. 메데이아가 자신의 형제를 속인 것은 물론 신전에서 사람을 죽인 것은 신들의 저주를 부르는 대단히 위험한 행동이었다. 게다가 당당하게 맞선 게 아니라 비겁하게 유인해서 죽인 것을 좋게 볼 신은 없었다. 물론 가장 화가 난 것은 아르테미스 여신이었다.

"내 신전을 더럽힌 인간들을 가만히 둘 순 없다."

아르테미스가 분노하자 헤라가 나서서 이아손을 감쌌다.

"이아손은 살기 위해서 그런 것이다. 자신의 동료들을 구하려고 한 행동이니 너그럽게 용서해주거라."

하지만 아르테미스는 단호했다.

"이 두 사람이 편안하게 그리스로 가도록 놔두지 않겠어요."

신들은 영웅의 길을 방해하는 방법으로 다양한 고난을 주었다. 그 사이 이아손은 많이 타락해버렸다. 그의 스승 케이론은 분명히 정정당당하게 행동하고 절대로 명예를 더럽히지 말라고 가르쳤건만, 이아손은 사랑에 눈이 멀어 비겁한 술책을 써버린 것이다. 그가 중요하게 생각하는 것은 오로지 동료들의 안위였다. 그들 모두 고향으로 안전하게 돌아가는 것이 자신의 지상 과제라고 생각하다 보니 비겁한 방법까지 쓰고만 것이다.

"시체를 바다에 던져버립시다."

그것은 정말 비열한 짓이었다. 죽은 자의 시체는 그의 부모나 가족들이 비싼 대가를 치르더라도 찾아가고 싶어 하는 마지막 존엄이다. 그것을 바다에 던지자는 것은 그 누구도 찾기 힘들게 만들겠다는 뜻이었다. 모험의 성공에 눈이 먼 이아손은 이런 파렴치한 행동을 해버리고 말았다.

"그래, 우리를 추격하기 전에 이자의 시체를 먼저 찾게 하는 것이 좋겠어."

그들은 시체를 바다에 던져버린 뒤 적진에 대고 외쳤다.

"너희들의 대장 압시르토스는 죽었다. 그 시체는 우리가 바다에 던져버렸다. 으하하하."

어둠 속에 울려 퍼지는 소리를 들은 아이에테스는 충격을 받고 그 자리에서 무릎을 꿇었다.

"아, 아들아! 딸을 잃고 아들까지 잃다니."

그날 밤새 통곡한 아이에테스는 모든 것을 내려놓았다. 아들도 잃고 딸도 사라진 상황에서 황금 양털을 돌려받은들 무슨 소용이 있단 말인가. 순간, 그는 허탈해졌다.

"나는 돌아가겠다. 함대의 반은 남아서 시체를 찾아라. 그런 뒤 저자들을 쫓아가 무찔러라. 황금 양털도 가져와라. 이 명령을 수행하지 못하면 너희들 모두 목을 매달아버리겠다."

남은 군사들은 며칠 동안 주변을 수색해서 마침내 바다 위로 떠오른 압시르토스의 시체를 찾아 묻어주고 제를 올렸다. 그동안 시간을 번 아르고호의 영웅들은 부지런히 도망갔다. 그들을 놓친 콜키스의 함대는 고국으로 돌아갈 수도 없고, 적을 찾아 쫓아갈 수도 없었다.

"이대로 돌아가면 우리는 왕에게 죽을 것이다."

"하지만 이아손을 쫓아갈 수도 없지 않소?"

토벌대는 그 자리에 정착하기로 마음먹었다. 물론 일부는 끝까지 이아손을 잡겠다고 나섰다.

이러는 동안에도 아르고호는 이스트로스강을 따라 올라갔다. 강물이 흘러 내려오는데 역으로 거슬러 올라가야 했기 때문에 잠시도 쉬지 않고 계속 노를 저어야 했다. 게다가 가는 곳마다 괴물들이 그들을 노리고 몰려왔다. 아르고호에 신들의 저주가 내린 것이다. 그들이 제일 먼저 만난 것은 개의 머리를 가진 인간들이었다. 그들은 개처럼 미친 듯이 짖었다. 그리고 적들을 만나면 사나운 맹수처럼 물어뜯었다. 메데이아가 이 괴물들에게 잡힐 뻔했는데 이아손이 간신히 구했다.

사람의 힘으로는 당해낼 수 없는 무서운 괴물들과 싸우는 데 가장 큰 역할을 한 것은 보레아스의 아들 제테스와 칼라이스였다. 날개가 있는 그들은 괴물들이 닿을 수 없는 곳까지 날아올라 칼과 창으로 쫓아냈다.

강을 거슬러 올라가느라 계속 노를 저어야 하는 가운데 밀려드는 적들을 맞아 싸우느라 아르고호의 영웅들은 체력이 점점 떨어졌고, 당연히 배의 속도도 점점 느려졌다. 그런 상황에서 강이 점점 좁아지면서 맞은편에 거대한 산맥이 나타나자 모두들 불안해졌다.

"이 강은 저 산맥에서 내려오는 것 같은데 어떻게 이 강을 지나 고향으로 돌아간단 말이야?"

하지만 대답해줄 수 있는 사람이 아무도 없었다. 그 강을 배로 거슬러 와본 자가 아무도 없었기 때문이다.

"신들이 우리를 죽음으로 이끄는 것 아닐까?"

"우리가 비겁한 짓을 했다고 저주받은 게 아닐까?"

그들은 두려움에 떨면서 높은 곳에 올라가 사방을 살펴봤다. 다행히 지평선 저만치에 반짝거리며 흘러가는 거대한 강이 눈에 띄었다. 천리안을 가진 린케우스가 그쪽을 보더니 말했다.

"저 강이 바로 론강입니다. 저 강의 지류를 지나 본류로 간다면 고향으로 돌아갈 수 있을 겁니다."

"어디에 지류가 있단 말이오? 강이 끝나가지 않소?"

그 말은 사실이었다. 강의 상류에서 자갈과 바위 사이로 여러 계곡의 물이 합쳐지고 있었다. 그렇다고 배를 버리고 갈 수도 없는 노릇이었다. 이아손은 결단을 내렸다. 유일한 방법은 배를 들고 육지를 지나가는 것이었다.

"배를 들고 갑시다."

그들은 고난의 길을 선택했다. 배를 물 밖으로 끌어내 평평한 땅 위로 옮긴 뒤 통나무 위에 놓고 굴렸다. 앞으로 벌어질 일에 비하면 그나마 쉬운 일이지만 그 역시 중노동이었다. 배가 앞으로 나가면 뒤로 밀려난 통나무를 들고 허둥지둥 배의 앞으로 달려가야 했다. 끊임없이 반복되는 과정에 모두들 지쳐갔다. 하지만 그것은 아무것도 아니었다. 점점 경사가 심해지면서 배를 든 채 산을 넘어가야 할 상황이 되자 모두들 배를 버리고 싶어졌다.

"배를 버리고 갑시다. 이대로는 안 되겠습니다."

"새로 배를 구하든지 만들어서 가는 게 낫겠습니다."

"안 되오. 우리는 이 배와 운명을 함께해야 하오. 여러분은 할 수 있소. 그대들은 뛰어난 용사가 아니오?"

이아손은 뛰어난 리더였다. 자신이 가장 앞서서 죽을힘을 다해 배를 밀었을 뿐만 아니라 가장 먼저 나서서 가장 나중까지 힘썼다. 그런 이아손을 보고 다른 영웅들도 지친 몸과 마음을 다독였다. 배와 함께 험난한 고개를 넘은 그들은 마침내 강의 지류를 발견했다.

"저곳까지만 가면 되겠구나."

내리막길은 더욱 조심해야만 했다. 너무 빨리 밀다가 배가 부서지기라도 하면 안 되기 때문이다. 배가 이미 많이 손상된 상태였기에 배를 뒤에서 미는 게 아니라 앞에서 당기면서 조심스럽게 언덕을 내려왔다. 나무 사이를 헤치고 풀밭을 건넌 다음 자갈과 모래밭을 지나 마침내 발

목이 잠길 정도의 깊이까지 도달해 그들은 배를 강 한가운데 띄웠다.

"만세! 만세!"

강물에 도착했다는 것만으로도 기운이 샘솟는 것 같았다. 그들은 열심히 노를 저어 다음 날 바닷가에 도달했다. 그 바다는 그리스로 통하는 바다였다. 오르페우스는 기다렸다는 듯이 노래를 불렀다.

영웅들을 보라.

물이면 물. 산이면 산.

태양과 달도 통과할 놀라운 능력을 가진 영웅들.

우리 앞에 무엇이 두려우랴.

세상의 온갖 어려움과 고난이 다가와도

모두 다 헤쳐 나가리.

우리는 아르고호의 영웅들.

모두 후렴을 따라 노래했다. 다들 신이 나서 노를 저으며 기뻐했다. 하지만 이들은 자신들의 앞길에 신들이 엄청난 어려움과 고난을 준비해놓았다는 것을 미처 알지 못했다. 이윽고 먼 바다에서부터 서서히 먹구름이 끼면서 사방이 어두워지기 시작했다. 신들의 분노였다. 번개가 내리쳤다.

꽈과광!

폭풍우가 몰아치기 시작했다. 노래를 부를 여유 따위는 없었다. 신들의 증오가 아르고호에 쏟아지는 것만 같았다. 제우스는 도둑질한 주제에 배신해서 사람까지 죽이고 신나서 노래를 부르는 아르고호의 일행들을 보며 분노를 금치 못하고 여러 차례 번개를 때렸다. 바다에선 거칠게 파도가 몰아쳤다. 돛대가 와지끈 부러져 나가는 것을 보며 이아손은 절망했다. 하지만 그는 이 배의 우두머리였다.

"노를 저어라! 작은 돛을 올려라. 바람의 방향을 거스르지 말고 배를 맡겨라."

배는 파도에 흔들려 오르락내리락하며 금방이라도 뒤집어질 것 같았다. 이아손은 목이 터져라 외쳤다. 일행들은 아슬아슬하게 배가 뒤집히는 것을 막아냈다. 계속되는 고난에 그들은 뱃전에 앉아 있는 메데이아를 노려봤다. 메데이아는 자신 때문에 이 같은 고난이 왔다고 비난하는 듯한 이들의 눈길을 보며 고개를 푹 숙이고 이아손의 다리만 꼭 끌어안고 있었다. 그러자 모두들 소리치기 시작했다.

"배에 마녀가 있으니 항해가 제대로 될 리 없지 않소?"

"맞습니다. 저 구름 속에서 압시르토스의 영혼이 우리를 노려보는 것만 같습니다. 우리가 무사히 고향으로 돌아가려면 마녀를 바다에 수장시키는 방법밖에 없습니다."

군중심리란 이런 것이다. 그녀 덕분에 큰 힘 들이지 않고 황금 양털을 되찾게 되었다며 고마워하던 이들의 태도가 순식간에 돌변했다. 이아손은 일행들의 흥분을 가라앉히며 나지막한 소리로 물었다.

"그대들은 모두 제정신인가? 메데이아 덕분에 우리가 무사히 황금 양털을 가져올 수 있지 않았는가? 근데 위험에서 벗어나니 이제 다른 생각이 드는 것인가? 메데이아를 죽이라고? 그녀를 제물로 쓰자고? 그

것이야말로 진정 큰 죄라는 걸 모르는가?"

그때였다. 일행들의 목소리가 아닌 다른 목소리가 뱃전에서 울렸다.

"이아손과 메데이아가 거룩한 신전에서 압시르토스를 죽인 것은 잘못이다. 신의 용서를 받지 못한다면 너희들은 모두 죽은 목숨이 될 것이다."

모두 놀라 뱃전을 바라보았다. 그것은 사람의 목소리가 아니었다. 나무로 만든 헤라 여신 성상이 말하고 있었다. 나무 조각의 입술이 열리고 닫히며 목소리가 새어 나오는 것 아닌가.

"앞으로 너희들이 처음 닿을 섬에 마법사 키르케가 살고 있다. 키르케에게 용서를 구해라. 그녀가 용서해준다면 너희들은 모두 그리스까지 갈 수 있을 테지만, 용서해주지 않는다면 고향 땅을 밟지 못할 것이다. 복수의 여신이 너희들 곁에 항상 머물 것이기 때문이다."

성상은 더 이상 입을 열지 않았다. 그때 메데이아가 말했다.

"키르케는 헬리오스의 딸로, 제 고모뻘이에요."

"아, 그렇군."

이아손은 메데이아의 말을 듣고 어떻게든 키르케의 용서를 받겠다고 마음을 굳혔다. 헤라 여신 성상 덕분인지 더 이상 파도가 치지 않았다. 배는 노를 젓지 않아도 바람과 파도에 의해 바닷가로 떠밀려가더니 한적한 섬에 도착했다.

"여기가 어디지?"

"이곳이 키르케가 살고 있는 섬인가 봐."

그랬다. 헤라가 그들을 키르케의 섬으로 인도해준 것이다. 일행들은 배에서 내려 높은 곳에 있는 성을 바라보았다. 그 성에 키르케가 살고 있는 게 분명했다. 일행들과 함께 성 부근까지 다가간 이아손은 메데이아와 단둘이 성 안으로 들어갔다. 성 안에 들어가니 사자와 표범 등이 어슬렁거리고 있었다. 그리고 높은 단 위에 여신처럼 아름다운 키르케가 앉아 있었다.

"고모님!"

메데이아가 먼저 무릎걸음으로 다가가 키르케의 무릎을 만졌다. 신분이 낮은 자가 자비를 베풀어주길 바라며 하는 인사법이었다.

"네가 나의 조카 메데이아로구나."

"예, 고모님, 맞습니다. 제 남편을 소개해드릴게요."

이아손은 예를 갖춰 자신에 대해 이야기했다.

"저는 아르고호를 끌고 온 이아손입니다. 지금까지 황금 양털을 되찾기 위해 모험을 했습니다."

키르케가 계속하라고 손짓하자 이아손은 자기가 겪은 일을 모두 털어놓았다.

"이렇듯 여러 가지 일을 겪다 보니 그런 잘못을 저지르게 되었습니다. 부디 저희들을 용서해주십시오. 알면서도 잘못을 저질렀지만, 신전을 훼손하고 모욕한 것은 제 뜻이 아니었습니다. 동료를 구하기 위해서 어쩔 수 없이 저지른 짓일 뿐입니다. 동료들의 희생 없이 황금 양털을 가져오려다 보니 어쩔 수 없었습니다. 그런데 이렇게 저주를 받아 복수의 여신들에게 쫓기고 있습니다. 당신의 자비로 우리의 죄를 씻어주십시오."

"그래서 너희들은 무슨 죄를 짓고 누구를 죽였다는 것이냐?"

이아손은 자기가 누구를 죽였는지는 말하지 않고 있었다.

"저 그것이……."

"누구를 죽였길래 복수의 여신에게 쫓기고 있는지 말을 해야 용서를 하든지 벌을 주든지 할 게 아니냐?"

"우리는 아이에테스의 아들인 압시르토스를 죽였습니다. 제가 죽였습니다."

순간, 키르케는 얼굴이 하얗게 질리며 벌떡 일어났다.

"뭐라고? 압시르토스를? 그것도 신전에서?"

키르케의 얼굴이 갑자기 어두워졌다. 아름답던 얼굴이 잿빛으로 변하고 목소리에선 가시가 돋쳤다.

"나는 압시르토스의 고모뻘 된다. 나는 아이에테스의 누나이기 때문이다. 그런데 나에게 와서 압시르토스를 죽인 죄를 씻어달라는 것이냐? 어떻게 그렇게 염치 없는 소리를 할 수 있는 게냐?"

호의적이었던 키르케가 갑자기 분노하자 메데이아가 나섰다.

"고모님, 압시르토스가 우리를 쫓아오지 않았더라면 절대 죽이지 않았을 거예요."

"너는 누이가 되어 가지고 동생이 저 무도한 작자에게 죽는 꼴을 가만히 두고 봤단 말이냐?"

"그게 아닙니다. 압시르토스는 오래전부터 이복누나인 저를 미워했습니다. 제가 이렇게 낯선 사람들과 떠나게 된 것은 모두 다 압시르토스가 저를 눈엣가시처럼 여겼기 때문입니다. 게다가 저는 이 사람을 간

절히 사랑하게 되었습니다. 이 사람을 위해서라면 저는 지금 당장 죽어도 좋습니다."

키르케는 한 번도 사랑을 해본 적이 없었다.

"사랑이 그렇게 좋단 말이냐?"

"고모님도 나중에 사랑을 해보시면 알 겁니다. 죽어도 좋고, 모든 것을 바쳐도 좋은 게 사랑입니다."

키르케는 나중에 오디세우스를 만나 사랑을 나누게 된다. 이때까지는 아직 그를 보지 못했기에 사랑이 그렇게 대단하다는 것을 믿을 수 없다는 표정이었다. 그러나 자신의 조카가 멋진 남자와 사랑에 빠져 이 모든 일을 저질렀다고 생각하니 마음이 조금은 부드러워졌다.

"그래도 피가 섞인 네 동생을 그렇게 죽인 것은 너무한 게 아니냐?"

"맞습니다. 하지만 저도 드릴 말씀이 있습니다. 저는 동생과 잘 지내려고 했지만 제 어머니는 동생에게 저를 멀리하라고 가르쳤습니다. 저는 그들에게 증오의 대상이었을 뿐이에요."

화가 풀리자 키르케의 쭈글쭈글했던 얼굴이 펴지며 윤기가 돌았다. 키르케가 젊은 여인의 아름다운 모습으로 돌아오는 것을 메데이아와 이아손은 신기한 눈으로 바라보았다.

"내가 늙었다 젊어졌다 하는 것이 이상하냐? 이것은 바로 신들이 나에게 지혜와 함께 아름다움과 싱그러움과 젊음을 주셨기 때문이다. 무슨 얘긴 줄 알겠다. 사랑이 뭔지는 모르겠지만 이해할 수 있다. 너희들을 미워하지 않겠다. 너희들의 죄를 씻어주마. 나를 따라와라."

키르케는 두 사람을 샘으로 인도한 뒤 새끼 양을 제물로 바쳤다.

"신이시여, 이 새끼 양을 받으시고 어쩔 수 없이 죄를 저지른 이 두 사람을 용서해주십시오."

어린 양의 피로 손을 닦아 그들의 죄를 씻게 한 뒤 샘물에 목욕하게 했다. 그들이 깨끗한 몸으로 나와서 풋풋한 아름다움을 뿜어내자 키르케는 말했다.

"자, 너희는 죄 씻김을 받았다. 나는 너희들이 자랑스럽다. 이아손은 황금 양털을 되찾아 고국을 풍요롭게 만들겠다는 멋진 영웅이고, 메데이아 너는 사랑을 위해 모든 것을 포기한 멋진 나의 조카다. 용서해주어선 안 되는 죄를 용서해줬기 때문에 나는 아마 나중에 큰 벌을 받을 것이다. 하지만 상관없다. 지금 내 마음이 그러기를 원하기에 너희들을 용서해주는 것이다. 젊은 너희들이 잘 살기를 바라는 마음뿐이다. 자, 너희들은 죄 씻김을 받았기 때문에 인간들에게 더 이상 비난받거나 위험에 처하지 않을 것이다. 하지만 신들은 너희들의 죄를 기억하고 있다. 그리고 신전을 더럽힌 것은 용서받기 힘든 잘못이다. 그래서 그리스로 가기까지 많은 고난을 겪을 수밖에 없다. 영웅은 원래 적들을 물리치러 가는 길보다 돌아가는 길이 더 힘든 법이다. 인생이 끝나는 날까지 너희들은 그 죗값으로 고통을 겪을 것이다. 이런 이야기를 해야 하는 나도 참으로 가슴이 아프구나. 하지만 미래를 보는 내가 거짓을 말할 수는 없지 않느냐."

그러나 이아손과 메데이아는 기뻤다. 자신들이 저지른 죄가 깨끗이 씻겼기 때문이다. 키르케의 예언은 귀에 들어오지도 않았다. 그들은 키르케에게 후한 대접을 받고 다음 날 길을 떠났다.

"자, 죄 씻김도 받았으니 우리의 앞길을 헤쳐 나갑시다."

그동안 지친 영웅들도 다들 힘을 회복했다. 바다를 헤쳐 나가는 그들의 팔에는 힘이 잔뜩 들어갔다. 그러나 키르케가 말해주지 않은 것이 있었다. 그들이 겪어야 할 고난의 첫 번째 관문이 바로 코앞에 다가오고 있었던 것이다.

11

이아손과 메데이아의 결혼

어딘가에서 아름다운 여인의 목소리가 들렸다. 그것은 노랫소리였다. 그 소리를 제일 먼저 들은 것은 귀가 예민한 오르페우스였다.

"앗, 정말 아름답구나. 이렇게 아름다운 소리는 절대로 사람이 낼 만한 소리가 아니야. 이 목소리는 무엇이지? 듣고 있으니까 온몸이 노곤해지는 것만 같아."

"세이렌이야. 아름다운 노랫소리로 지나가는 뱃사람들을 저주에 빠뜨리는 괴물이지."

항해 경험이 많은 영웅이 말했다. 정말 세이렌이 바위섬에 앉아 있는 것이 보였다. 하얀 날개를 펄럭이며 다니는 것이 눈길을 뗄 수 없을 정도로 아름다웠다. 하지만 세이렌은 다리에 날카로운 새의 발톱이 있어서 사람을 잡아먹는 끔찍한 괴물이었다. 세이렌의 아름다운 노랫소리에 홀려 바위섬에 다가가다 보면 배가 좌초되어 그들의 먹이가 될 수밖에 없었다. 아르고호도 그런 위험에 빠진 것이다. 일행들은 홀린 듯 바위섬을 향해 열심히 노를 젓기 시작했다.

그런데 세이렌은 단 한 사람에게만은 영향력을 끼칠 수 없었다. 그것은 바로 음악의 대가 오르페우스였다. 다른 사람들은 세이렌의 노랫소리에 유혹당했지만 당대 최고의 가수이자 음악가인 오르페우스에게는 통하지 않았다. 세이렌들은 아름다운 노래를 불렀다.

그대들이여, 나의 품으로 오세요.
나의 품은 깃털보다 더 가볍고
따뜻하고 포근합니다.
힘들게 노를 저을 필요 없어요.
이제 모든 고난은 끝났답니다.
나에게 오세요.
영원한 휴식이 기다리고 있어요.

배가 세이렌이 앉아 있는 바위섬을 향해 미친 듯이 나아가자 오르페우스는 수금을 켜기 시작했다. 오르페우스는 아름다운 목소리로 우렁차게 노래했다.

이 세상 어떤 자도

우리를 유혹할 수는 없지.

우리는 황금 양털을 가져온

아르고호의 영웅들.

온 그리스의 민족들이

우리를 기다린다.

우리의 팔뚝. 우리의 노력,

우리의 피와 땀으로

행복해질 것이다.

우리는 아르고호의 영웅들.

누가 우리를 막을쏘냐?

오르페우스의 우렁찬 노래가 울려 퍼지자 세이렌의 연약한 노랫소리는 한순간에 묻히고 말았다. 오르페우스의 노래와 수금 소리를 듣자 일행들은 정신을 차렸다.

"우리가 지금 어디로 가고 있는 거야?"

"암초다! 배를 돌려! 배를 돌리라고!"

"어서 빨리 노를 저어. 이러다 배가 바위에 부딪치겠어."

재빨리 배를 돌려 바위섬에 부딪히기 직전에 아르고호는 방향을 틀었다. 그들은 겨우 안전해졌다.

그때 유일하게 한 사람, 오르페우스의 음악을 듣고도 정신을 차리지 못한 자가 있었다. 그는 바로 부테스였다. 영웅들 가운데서 미남인 편인 부테스는 메데이아와 이아손이 사랑을 나누는 것을 보면서 항상 자신도 아름다운 배필을 만나 사랑에 빠지고 싶다고 생각했다. 그랬는데 아름다운 여인들이 섬에서 오라고 노래를 부르니 부테스는 그만 모험에 대한 의지를 놓아버렸다. 배가 돌아서자 그는 노를 집어 던지고 뱃전에 올라서더니 그대로 바다에 몸을 던졌다.

"난 세이렌과 살 거야."

그는 세이렌의 섬으로 헤엄쳐 갔다.

"부테스! 어서 돌아와! 돌아오라고. 정신 차려."

"부테스! 위험해! 돌아와!"

아르고호의 영웅들이 크게 소리치고 그를 구하려고 노를 한껏 뻗었지만 부테스는 뒤도 돌아보지 않고 계속 헤엄쳤다. 잘생긴 청년 하나가 희생된 것이다. 아프로디테는 올림포스에서 이 장면을 모두 다 내려다보고 있었다.

"저런, 끔찍한 일이 벌어지겠구나."

부테스가 잔인한 세이렌의 발톱에 찢겨 고깃덩이가 되는 것을 지켜볼 수 없었던 여신은 달려와 그를 자신의 팔로 안아 들고 시켈리아로 데리고 가버렸다. 부테스는 세이렌에게 가지 못한 것을 슬퍼했지만 끈질기게 구애하는 아프로디테와 사랑에 빠져 아이를 낳았으니, 그가 바로 에릭스다. 에릭스가 시켈리아의 왕이 된 데는 바로 이런 사연이 있었다.

한편, 간신히 세이렌의 유혹에서 벗어났지만 아르고호에는 끊임없이 위험이 몰아닥쳤다. 다음에 헤쳐 나가야 할 바다는 스킬라와 카립디스가 지키는 좁은 해협이었다. 해협에 당도한 그들은 두 마리 거대한 괴물을 보고야 말았다. 스킬라와 카립디스는 해협 양쪽에 숨어 있는 거대한 괴물이었다. 이곳을 지나가면 항로가 단축되기 때문에 많은 이들이 멋모르고 이 물살 빠른 해협을 지나가다가 두 마리 괴물에게 희생당했다.

이들은 에게해에서 유명한 괴물이었다. 해협 부근에는 부서진 배의 조각들이 떠다니고 바다 밑에는 죽은 사람들의 해골이 수없이 많이 쌓여 있었다. 스킬라는 뱀의 목에 개의 머리를 한 괴물로, 한입에 사람 몇 명 정도는 삼켜버릴 정도로 커다란 덩치를 가졌다. 카립디스는 바닷물을 있는 힘껏 빨아들였다가 내뱉는 용이었다. 한번 물을 빨아들이면 바다 밑의 모래밭과 그 안에 숨어 있던 각종 조개와 해삼, 말미잘들이 드러날 정도였다. 이렇게 바닷물을 빨아들였다가 한꺼번에 내뱉었다. 그때문에 이곳에는 주기적으로 물거품이 일어났다. 카립디스의 배 속에 들어간 것은 그 무엇도 살아남지 못했다. 이를 알 리 없는 아르고호의 영웅들은 스킬라와 카립디스 두 괴물이 지키고 있는 해협으로 지나가려고 했다. 헤라는 이를 가만히 두고 볼 수 없었다.

"큰일이다. 저들을 구해야 해."

헤라는 바다의 여신 테티스를 찾아갔다.

"테티스, 가만히 있을 때가 아니다. 네 남편이 저기에 타고 있다."

"그게 무슨 말씀이세요?"

"펠레우스가 저 배에 타고 있단 말이다."

"앗, 정말이에요?"

펠레우스는 의지 하나로 테티스를 눌러서 이긴 적 있는 사람이었다.* 남편과 그의 동료들이 위험에 빠진 것을 본 테티스는 자신의 자매 네레이데스를 불렀다. 테티스의 부름에 네레이데스는 순식간에 다가왔다. 쉰 명의 네레이데스가 아르고호를 호위하며 돌고래처럼 바다 위를 헤엄쳤다. 자신들을 지켜주는 네레이데스를 보며 아르고호 선원들은 있는 힘껏 노를 저었다. 마침내 두 마리 괴물이 다가왔지만 그들은 무사히 해협을 빠져나올 수 있었다. 그 뒤로도 한참 동안 스킬라와 카립디스가 울부짖는 소리가 귓전에 울렸다.

큰 바다로 나왔다고는 하지만 바람의 방향이 수시로 바뀌며 거칠게 불었다. 목적지를 향해 가지 못하고 헤매던 아르고호의 영웅들은 조난 상태에 빠졌다. 물과 음식이 다 떨어진 것이다. 이대로 바다 위를 떠돌다가 죽을 수밖에 없는 운명이었지만, 이번에도 헤라 여신이 그들을 도와주었다.

"이렇게 바람이 미친 듯이 부는 것은 바람의 신 때문이다."

바람의 신 아이올로스는 근처 섬에 머물고 있었다. 헤라는 그를 찾아갔다.

"아이올로스, 바람을 당장 멈춰라. 이아손에게 서풍을 보내라."

"알겠습니다, 여신님. 여신님이 오신 줄 몰랐습니다."

아이올로스는 재빨리 바람을 잠재웠다. 그러자 서풍의 신 제피로스가 배를 가까운 해안으로 밀어주었다. 그리하여 그들은 스케리아섬에 도착했다. 이 섬은 알키노오스 왕이 지배하고 있는 곳이었다.

"어서 오십시오. 그대들을 환영합니다. 잔치를 준비했습니다."

처음에는 남루한 행색에 관심을 갖지 않았
으나 그들이 그리스를 위해 황금 양털을 가지
고 온 영웅이라는 것을 알자 알키노오스는 호
탕하게 말했다.

"우리 궁전에서 오래오래 쉬다 가십시오."

영웅들이 짐을 풀고 궁전에서 연회를 즐기
려는 순간이었다. 그때 또 다른 배 한 척이 항
구로 들어오는 게 보였다.

"저 배가 무슨 배인지 알아보고 오너라."

왕의 명에 따라 부하들이 작은 배를 타고
가까이 가서 물었다.

"이 배는 어디에서 오는 배입니까?"

"우리는 콜키스에서 왔습니다."

그들은 아이에테스가 이아손을 잡아오라고
남겨둔 함대의 일부였다. 이제껏 바다를 떠돌
다가 우연히 스케리아섬에 도착한 것이다. 주
변을 두리번거리던 그들의 눈에 아르고호가
보였다. 그들은 서로 수군거렸다.

"저기 저 배는 우리 원수의 배 아닙니까?
이아손이 이곳에 와 있는 모양입니다."

"맞습니다. 아르고호 같습니다."

군사들은 칼과 창을 들면서 말했다.

여기서
잠깐!!

테티스는 펠레우스와 결혼하도록
운명 지어진 여신이었어. 그러나 인
간과 맺어지는 게 싫었던 테티스는
펠레우스가 끌어안자 물, 불, 바람,
나무, 호랑이, 사자로 마구 변신하
며 도망치려고 했어. 하지만 펠레우
스가 꼭 안고 끝까지 놔주지 않자 그
만 포기하고 결혼을 승낙하고 말았
지. 둘은 자식을 여럿 낳고 헤어졌
어. 그 아이들 중 막내가 바로 나중
에 트로이아 전쟁의 영웅이 되는 아
킬레우스야. 테티스가 아르고호의
영웅들을 도와준 것은 바로 펠레우
스가 아이들의 아버지였기 때문이
야. 밉지만 어쩔 수 없는 미운 정이
있었던 거지.

"이제 드디어 고향에 갈 수 있게 되었군요."

배를 항구에 정박시킨 그들은 칼과 창으로 무장하고 싸울 태세를 갖췄다. 아르고호의 영웅들도 무장을 하고 달려 나왔다.

"우리는 목숨을 걸고 이곳까지 왔다. 이제 와서 황금 양털을 빼앗길 수는 없다!"

양측이 서로를 공격해 피비린내가 진동할 참이었다. 그때 온화한 성격의 알키노오스 왕이 끼어들었다.

"모두들 잠시 멈추시오. 이곳은 나의 땅이오. 모두 내 말을 들어야 하오. 우리는 낯선 배나 이방인은 언제든지 환영하오. 하지만 내 땅에서 칼부림하는 것은 절대 눈 뜨고 볼 수 없소. 그대들이 내 말을 듣지 않고 싸우는 순간, 우리 군사들은 먼저 칼을 휘두른 자들을 공격할 거요."

그 말을 들은 이아손 일행과 콜키스 군사들은 모두 싸움을 멈췄다.

"꼭 싸우겠다면 어디 한번 싸워보시오. 나에게는 그대들을 상대하기에 충분한 군대가 있소. 그러니 어서 칼을 집어넣으시오. 내 땅에서는 이방인을 환영하오. 먼저 온 손님과 나중에 온 손님이 함께하는 것은 아름다운 일이지요. 그런데 그대들은 왜 싸우려는 거요? 그 이유를 말해주시오. 모두 행복한 결과를 맞을 수 있도록 내가 중재하겠소."

이렇게까지 나오자 모두들 수긍할 수밖에 없었다. 콜키스 군사들은 황금 양털을 훔쳐 간 이아손을 추격해 갖은 고생을 하면서 이곳까지 온 이야기를 해주었다.

"대왕께 부탁드리겠습니다. 다들 영웅이라 뻐기고 있지만 아르고호의 일당들은 모두 도둑에 불과합니다. 그러니 쇠사슬로 묶어 저희에게 넘겨주십시오. 저들이 당신의 손님이라 그럴 수 없다면 훔쳐 간 황금 양털이라도 우리에게 넘겨주십시오. 최소한 그것이라도 가져가야 합니다. 원래 우리 것인데 저자들이 훔쳤으니 당연한 일이지요. 황금 양털이 없으면 우리는 고향에 돌아갈 수 없습니다. 훔친 물건은 원래 주인에게 돌려주고, 납치한 가족은 원래 가족에게 인도해야 하는 법입니다. 메데이아도 함께 데려갈 수 있게 허락해주십시오."

알키노오스는 지혜로운 자였다. 그들의 주장을 꼼꼼히 들은 뒤 입을 열었다.

"그대들의 사정은 잘 알겠소. 하지만 내게는 아르고호의 영웅들에게 황금 양털을 돌려주라고 명령할 권한이 없소. 그 물건의 소유권은 지금 아르고호의 이아손에게 있기 때문이오. 그런데 양쪽의 이야기를 들어보니 애초에 잘못한 것은 아이에테스 같군요."

"무슨 잘못을 했단 말입니까?"

"아레스의 밭을 갈아서 씨를 뿌리고 추수하면 황금 양털을 주겠다고 약속하지 않았소?"

"……."

그 말을 듣자 콜키스의 군사들은 할 말이 없어졌다.

"당신들의 요구는 부당하오. 먼저 약속을 깬 것은 당신들의 왕이오. 메데이아의 경우도 마찬가지요. 당신들의 가족이고 딸인 것은 분명하지만 남편도 가족이오. 두 사람은 이미 새로운 가족 관계를 맺어서 부부가 되었소. 이 가족을 떼어 저 가족에게 보낸다는 것은 말이 되지 않고, 무엇보다도 당사자인 메데이아가 원하지 않고 있소."

"두 사람이 부부인 게 맞습니까?"

사실 두 사람은 결혼식을 올리지 않았다. 하지만 그 자리에서 그들은 당당히 말했다.

"결혼식을 올리지 않았지만 우리는 이미 한 몸이 되었습니다. 오늘 당장이라도 결혼식을 올릴 수 있습니다. 여기에 있는 우리 동료들이 그것을 증명해줄 겁니다."

그러자 아르고호의 영웅들이 앞다퉈 이야기했다.

"맞습니다. 이들은 부부입니다."

"좋소. 저들이 원한다니 우리 궁전을 결혼식장으로 빌려주겠소."

그리하여 그들은 갑자기 결혼식을 올리게 되었다. 이아손은 메데이아와 함께 무사히 그리스까지 가서 왕이 된 뒤 이올코스의 궁전에서 성대한 대관식 겸 결혼식을 올릴 계획이었다. 그러면 고국의 백성들과 가족들에게 큰 기쁨이 될 것이라 생각했지만, 꿈은 상황에 따라 달라지는 법이다. 그리하여 이아손과 메데이아는 서둘러 조촐하게 결혼식을 올렸다.

"궁전을 빌려주신다니 감사하지만 저는 아레테 숲의 요정 마크리스의 동굴에서 결혼식을 올리고 싶습니다."

마크리스는 흔쾌히 자신의 동굴에서 결혼식을 올릴 수 있게 허락해주었다. 그 동굴은 보석 동굴이었다. 동굴 벽은 수정과 종유석으로 가득해 화려해 보일 뿐만 아니라 요정들이 꾸며놓아서 더없이 아름다웠다. 그들의 결혼식에 아프로디테가 아름다움을 선사해주었다. 아르고호의 모든 영웅들이 참석해서 신랑 신부를 축하해주었다. 오르페우스는 아름다운 노래를 불러주었다. 이렇게 하여 둘은 합법적으로 부부가 됐다. 알키노오스는 말했다.

"좋소. 그대들은 절대 헤어질 수 없는 부부가 되었소. 그대들의 행복이 깨지는 것을 원치 않소. 콜키스 군대는 들으시오. 안타깝지만, 그대들은 원하는 것을 하나도 가져갈 수 없소. 이렇게 빈손으로 돌아가면 곤란한 처지에 놓인다니 원한다면 우리나라에서 사는 것은 어떻소? 모든 편의를 제공하겠소."

콜키스 군대는 돌아가봐야 죽음밖에 없을 것임을 알자 현실을 받아들였다. 황금 양털도 가져갈 수 없고 메데이아도 잡아갈 수 없게 되었기 때문이다. 그들 중 일부는 이곳에 머물며 알키노오스의 군인이 되기도 하고, 일부는 반발하며 다른 섬으로 이주하기도 했다. 어쨌든 아르고호의 영웅들은 자신들의 행위가 정당하다고 인정받은 것 같아 크게 기뻐했다.

한참 쉰 뒤 배에 선물을 잔뜩 싣고 그들은 항구를 빠져나왔다. 큰 고난 없이 며칠 동안 항해한 끝에 마침내 그리스 남쪽 바닷가에 도착했다. 그곳에서 펠레폰네소스반도를 돌아 아티카 해변을 지났다. 그리하여 이올코스만까지 쭉 올라갔다. 그리스에 거의 다 도착한 것이다.

하지만 바다에 떠 있는 한, 인간의 운명은 어찌 될지 모르는 법이다. 제우스가 용서해주고 아르테미스가 분노를 삭였다면 아무 문제 없었을 것이다. 그러나 신들은 너무나 잔인했다. 이들을 고통에 빠뜨리기 위해 의도적으로 순풍이 불게 한 것이었다.

"이제 곧 집에 도착하겠군. 수고들 많았네."

아르고호의 영웅들은 자기 집 굴뚝에서 연기가 나오는 게 보이고 아이들이 떠드는 소리가 들릴 정도로 이올코스 바닷가 가까이 접근했다.

"수고 많았소."

"고생했소."

"황금 양털을 가지고 가서 온 나라 사람들을 기쁘게 해줍시다."

영웅들이 기뻐하며 각자 포도주를 한 잔씩 마시고 있을 때였다. 하지만 끝날 때까지 끝난 게 아니었다. 갑자기 소용돌이가 일며 돛이 찢어졌다. 뿐만 아니라 파도가 때려 키가 부러져버렸다.

"이게 어찌 된 일이냐!"

갑자기 몰아치는 태풍이 고향을 코앞에 둔 아르고호를 큰 바다로 다시 밀어내버리고 말았다. 아르테미스의 복수가 본격적으로 시작된 거였다.

12

다시 시작된 험난한 여정

아르고호는 폭풍우에 시달렸다. 거친 폭풍우는 밤이고 낮이고 그치지 않았다. 아르고호의 영웅들은 죽을힘을 다해 돛을 올렸다가 내리고 노를 젓거나 닻을 던졌다. 하지만 어떠한 노력도 바다 신의 노여움을 진정시킬 수 없었다. 배가 어디로 흘러가는지 알 수도 없었다. 그들은 오로지 폭풍우가 그치기만을 기다렸다. 고향인 이올코스를 눈앞에 두고 어디인지도 알 수 없는 곳으로 떠내려간 것이다. 아르고호는 끝없이 밀려가더니 마침내 건조한 사막 리비아의 해안가에 도착하고 말았다. 아프리카까지 밀려간 거였다. 하지만 아르호의 영웅들은 이렇게 육지에 발을 디디게 된 것만으로도 감사했다. 그들은 육지에 발을 딛자마자 그대로 쓰러져 잠이 들었다. 밤이 지나 태양이 다시 떠올랐을 때 그들은 새벽임에도 불구하고 찌는 듯한 더위에 눈을 떴다. 그들이 누워 있는 곳은 끝없는 모래사막이었다.

"아, 이곳이 어디란 말이냐?"

끝없는 사막을 보자 그들은 당황했다. 그들의 고향인 지중해 연안은 산세가 험하지만 늘 푸르고 꽃과 열매가 풍성한 곳이었다. 그런데 이곳 사막은 비 한 방울 내린 흔적이 없었다. 모두 좌절했다. 어떤 이는 바다에 빠져 죽는 게 낫겠다고까지 이야기했다.

"나는 더 이상 살고 싶지 않아. 우리가 왜 이런 저주를 받아야 하는 거야!"

분열된 무리를 바른 길로 이끄는 것은 한 무리의 우두머리가 반드시 갖춰야 할 덕목이다. 이아손은 지친 몸을 이끌고 말했다.

"여러분, 우리에게 또 험난한 위기에 닥쳤지만 다시 한번 생각해봅시다. 바다에 빠져 죽는 건 언제든 할 수 있습니다. 그런데 우리는 아흐레 동안이나 이어진 폭풍우에도 살아남아 이곳에서 서로 얼굴을 보고 있지 않습니까? 그것이야말로 큰 행운 아닙니까?"

그 말도 맞았다. 가족도 만나지 못하고 눈앞의 영광과 재물도 사라져 크게 낙심했지만, 어쨌든 살아 있으니 실망할 수도 있고, 다시금 기회를 노릴 수도 있는 거였다. 그들은 배를 물 밖으로 끌고 나와 돛을 손보고 노를 새로 깎았다. 애써 힘을 내려고 해봤지만 희망이 없는 상황에 손길이 서툴러질 수밖에 없었다. 그들은 힘겹게 의지를 추슬러 뜨거운 땡볕 아래서 배를 손보고 마지막 힘을 다해 아르고호를 끌어올렸다. 해가 서산으로 기울 때쯤 되어서야 그들은 모자라나마 겨우 배를 띄울 정도로 수리할 수 있었다. 밤이 되어 달이 뜨자 마침내 이아손은 말했다.

"자, 배를 띄워서 이곳을 떠납시다."

하지만 겁먹은 선원들은 고개를 저었다.

"신의 노여움을 풀기 전에는 떠날 수 없습니다."

"맞습니다. 우리가 바다로 나가는 순간, 신들이 우리를 다시 바닷속에 처넣을지도 모르잖습니까?"

"죽음이 얼마나 무서운 것인지 뼈저리게 알게 됐습니다. 다시는 그런 공포와 마주하고 싶지 않습니다."

인간의 노력은 거기까지였다. 이아손이 그들의 말도 맞다는 생각이 들었다.

"좋습니다. 잠시만 기다리세요. 어떻게 하면 신들에게 용서를 받을 수 있는지 알아보겠습니다."

그날 밤 그들은 출항하지 않고 모두 배에서 잠을 청했다. 하지만 이아손과 메데이아는 잠들지 못했다. 그들은 잠을 청하는 대신 살 길을 찾아 밤새 사막을 돌아다녀보기로 했다. 절대적인 적막이 그들을 감쌌다. 벌레 소리 하나 바람 소리 하나 들리지 않았다. 사막은 마치 생명체가 존재하지 않는 곳 같았다. 절대적인 적막 속에서 이아손과 메데이아는 하염없이 주변을 둘러봤다. 그때 여인들의 목소리가 들렸다. 다급히 모래언덕에 올라가보니 달빛 아래 세 명의 여인이 노래하고 춤추고 있는 것 아닌가.

"저 여인들은 도대체 누구지? 사람인가?"

가만히 생각에 잠기더니 메데이아가 말했다.

"요정들일 거예요. 리비아의 딸들일 겁니다. 저들은 많은 것을 알고 있으니 우리가 도움을 받을 수도 있을 거예요."

메데이아가 먼저 달려 내려갔다. 그 뒤를 따라 이아손이 쫓아가자 요정들은 춤추다가 멈추고 그들에게 다가왔다.

"저 배가 그대들의 배입니까?"

"네, 맞습니다. 폭풍우에 떠밀려 이곳까지 왔습니다."

요정들은 바로 고개를 끄덕였다.

"당신들은 신의 분노를 샀군요. 신의 분노가 아니면 이곳까지 밀려올 리 없습니다."

"제발 도와주십시오. 어떻게 하면 우리가 이곳을 빠져나갈 수 있겠습니까?"

첫 번째 요정이 말했다.

"안타까운 일이네요. 당신들은 이곳에서 때를 기다려야 합니다. 바다의 요정 암피트리테가 하얀 말의 고삐를 풀 때까지 기다려야 해요. 그래야 항해할 수 있을 겁니다."

두 번째 요정이 이어서 말했다.

"당신들은 해오던 일을 계속해야 됩니다. 임무를 다해야 해요."

마지막 요정이 말해주었다.

"어려운 여정이 기다리고 있지만 계속해서 임무를 이루기 위해 노력해야 당신들이 화나게 한 여신이 용서해줄 겁니다. 용서를 받아야 그대들은 집에 가서 침대에 누울 수 있을 거예요."

예언을 마친 요정들은 춤을 추고 노래하며 사라졌다. 이아손과 메데이아에게는 희망이 생겼다.

"어서 갑시다. 동료들에게 알려줘야겠소."

그들은 모래에 푹푹 빠지는 발을 서둘러 옮기며 동료들에게 달려가 소리쳐 알렸다.

"저 사막에서 요정들을 만나고 왔습니다. 요정들이 우리의 미래를 예언해주었어요."

잠자던 영웅들은 일어나 그의 말을 들었다. 하지만 자다 깨서 하는 잠꼬대 같다며 믿을 수 없다는 불만이 여기저기에서 들려왔다. 그 메시지가 너무 허황했기 때문이다.

"그럼 어디 암피트리테가 말의 고삐를 푸는지 살펴봅시다."

그들은 바닷가를 바라보며 밤을 새웠다. 새벽 무렵이 되자 안카이오스가 말했다.

"이게 무슨 바보짓입니까? 포세이돈을 본 자는 아무도 없지요? 당연히 요정도 볼 수 없습니다. 그리고 암피트리테는 물속에 사는데 무슨 말이 필요하단 말입니까? 다시 배를 어깨에 짊어지고 다니라는 겁니까? 말도 안 되는 얘기 듣고 싶지 않습니다."

그가 흥분해서 돌아서는 순간이었다. 바다를 바라보던 영웅들이 모두 벌떡 일어나 손가락질했다.

"저기를 봐라! 저기를 봐!"

모두 고개를 돌리자 하늘에서 거품이 일어나고, 그 안에서 멋진 말이 두 마리 튀어나왔다.

"아, 저게 바로 암피트리테의 말인가 봅니다."

"오, 그렇구나. 암피트리테가 전차에 매달았던 말들을 쉬라고 풀어놓았군. 이제 떠나야겠어."

"그럼 이제 또 배를 메고 육지로 가야 한단 말입니까?"

이아손은 마음을 단단히 먹었다. 여신의 화가 풀리지 않았기에 이대로 사막을 건너가야만 했다. 모두 마음을 다지고 배 밑으로 들어가 동시에 어깨에 힘을 주었다.

"영차!"

먹은 것이 없어서 힘이 나지 않았지만 영웅은 영웅이었다. 그들의 근육은 아직도 쓸 만했다. 모두들 배 밑에 들어가 힘을 쓰자 배가 슬슬 들어올려졌다. 배 밑에 붙어 있던 전복이나 소라들이 우수수 떨어지는 게 보였다.

"하나 둘 하나 둘!"

구령을 붙이며 그들은 행진하기 시작했다. 어디로 가야 될지도 모르면서 비 오듯 땀을 흘리며 사막을 걸어갔다. 그들에게 남은 것은 배에 있던 최소한의 비상식량뿐이었다. 땀을 뻘뻘 흘리며 모래밭을 걸어 한없이 내륙을 향해 움직였다. 가다 쉬고 가다 쉬었다. 한번 배를 내려놓았다가 다시 짊어지는 것은 정말 고통스러운 일이었다. 하지만 요정들의 계시를 믿고 그들은 길을 나섰다. 태양이 내리쬘 때는 차라리 배 밑에서 움직이는 것이 편했다. 그냥 걸어가도 힘든 길을 그들은 무거운 배를 짊어진 채 땀을 주룩주룩 흘리며 걸어갔다. 가는 도중에 어쩌다 오아시스를 만나면 자루에 물을 채운 뒤 배가 터지도록 물을 마셨다.

시간이 흐를수록 영웅들은 점점 근육이 빠지고 온몸이 시커멓게 그을렸다. 무려 엿새 동안이나 그들은 모래언덕을 넘고 미끄러지고 뒹굴면서 배를 들고 이동했다. 그러다 마침내 그들 앞에 바다가 나타났다.

"바다다!"

마지막 힘까지 끌어올려 그들은 잔잔한 바다 앞에 섰다. 그러나 그 바다는 배를 띄울 수 있는 바다가 아니었다. 호수처럼 막힌 바다였다. 그것을 모르는 영웅들은 떠들어댔다.

"자, 이제 배를 띄우고 바다를 항해합시다."

"아닙니다. 그렇게 쉽게 우리의 저주가 풀릴 리 없습니다. 계속 가야 합니다."

"어디까지 가란 말입니까? 이 세상 끝까지 가다 모두 죽기라도 하자는 거요?"

영웅들이 여기저기서 불만을 토해내자 이아손은 불끈 화가 치밀어 올랐지만 꾹 눌러 참았다. 지도자라면 화를 삭일 줄도 알아야 하는 법이다.

"당신만 고통받고 있는 게 아닙니다. 우리 모두 고통받고 있어요. 계속 갑시다."

그들은 다시 배를 짊어진 채 사막을 횡단했다. 메데이아가 제일 먼저 쓰러졌다. 이렇듯 힘든 길에서는 여인의 체력이 먼저 바닥날 수밖에 없다.

"당신 혼자 가세요. 저는 이제 더 이상 못 가겠어요."

"내가 어떻게 당신을 버리겠소? 우리가 여기까지 온 것은 그대 덕분

아니오?"

마지막 남은 물을 먹여 정신을 차리게 한 뒤 이아손은 메데이아에게 말했다.

"그대는 배를 짊어지지 말고 걸어와요. 내가 두 몫을 하겠소."

배는 다시 전진했다. 뒤따라가던 메데이아는 그냥 걸어가는 것만으로도 힘들어서 또 쓰러졌다. 그녀가 쓰러지면 이아손이 와서 업고 가다 기운을 차리면 걷게 한 뒤 다시 배를 짊어지고 가면서 일행들은 계속 이동했다. 며칠이 지났을까 그들은 거의 죽음 직전에 이르렀다. 식량은 물론 물도 모두 떨어졌다. 메데이아 역시 더 이상 움직일 수 없을 것 같았다. 그때 날개 달린 제테스와 칼라이스가 말했다.

"마녀를 버리고 갑시다. 사실 우리가 이렇게 된 것은 다 저 여자 때문 아닙니까?"

배은망덕이었다. 메데이아 덕에 황금 양털을 얻은 사실을 잊어버리
고 이렇게 고난을 겪게 되었다고 비난하는 거였다. 선량하고 양심적인
영웅 에우페모스가 그들에게 고함을 질렀다.

"그대들은 날개가 달렸으니 그냥 떠나시오! 우리들은 함께 왔으니
함께 가겠소. 누구 하나 낙오시키지 않겠소!"

제테스와 칼라이스는 그 말을 듣자 부끄러웠다. 그들에게 동료를 버린다는 것은 크나큰 치욕이었기 때문이다. 무거운 배를 들고 이동해야 하는 데다 탈진해 쓰러진 메데이아까지 끌고 가는 고난의 행군은 계속됐다. 이아손은 점점 말이 없어졌다. 그는 배뿐만 아니라 영웅들을 이끌고 메데이아까지 혹처럼 달고 다녀야만 했다. 이 모든 것을 견디는 그는 초인적인 지도력을 가진 게 분명했다. 하지만 그런 인내심도 결국 바닥나고 말았다. 마침내 이아손이 무릎을 꿇고 모래에 머리를 처박은 채 절규하듯 말했다.

"동료들! 우리를 버리고 가시오! 이것이 신의 뜻이오. 그대들 덕분에 나는 영광스러운 삶을 살았소. 그대들을 원망하지 않겠소."

잔뜩 지친 제테스와 칼라이스는 이아손을 노려보았다. 다른 영웅들도 이아손을 원망했다. 그들이 짊어지고 가는 배는 아직도 사막에서 땡볕을 받아 뜨겁게 달아오르고 있었다. 그때 에우페모스가 나섰다.

"이아손, 갑시다. 당신이 못 가면 우리도 못 가고, 당신이 가면 우리도 가는 거요."

그는 메데이아의 한쪽 어깨를 부축하고 나머지 한 손으로는 이아손을 부축했다. 두 사람을 부축한 뒤 그는 일어서서 큰소리로 외쳤다.

"힘을 내시오. 갑시다. 여러분, 마지막까지 해봅시다."

그리하여 그들은 계속 행진했지만 다음 날 아침이 되자 더 이상 그 누구도 움직이지 못했다. 이제 누구도 나서서 배를 짊어지고 그날의 일정을 시작하자고 말하는 이가 없었다. 뜨거운 태양이 떠올랐지만 그들은 모두 포기하는 심정이었다. 그날 하루는 배를 움직이지 못하고 태양의 움직임에 따라 옮겨가는 배의 그늘에 의지한 채 지친 목숨이 끊어지기만을 기다렸다.

"아, 이렇게 고통을 견뎌내야 하느니 빨리 죽는 게 낫겠다."

목소리는 갈라졌고 얼굴은 온통 그을렸으며 입술은 하얗게 껍질이 일어났다. 그때 천리안 린케우스가 떨어지는 해를 보더니 말했다.

"여러분, 태양 속에 점이 하나 보입니다. 그 점을 통해서 나는 무언가를 봤어요."

"뭘 봤다는 거야? 무슨 소리야?"

"해를 어떻게 봐? 눈부셔서 볼 수가 없잖아."

지친 영웅들이 한마디씩 했다.

"내 눈에는 아틀라스가 하늘을 떠메고 있는 게 보입니다. 여러분, 우리는 드디어 세상의 끝에 도달했어요. 저 해가 떨어지는 곳에 아틀라스가 있는 게 보이지 않습니까?"

그 말에 영웅들은 마지막으로 용기를 냈다.

"정말이야? 그럼 거의 다 온 거야?"

"그러면 어서 가자."

기적이 일어났다. 해가 지자 그들은 마지막 힘을 내서 배를 어깨에 짊어지고 일어섰다. 정신력이 이렇게 무서운 것이다. 다 죽어가던 그들은 벌떡 일어나더니 배를 짊어지고 다시 발걸음을 옮기기 시작했다. 그들은 밤새 걸었다. 모래는 식고 태양이 없으니 그나마 걸을 만했다. 가끔 바람이 불어와 그들의 땀을 식혀주었다. 마침내 그날 새벽, 그들은 지평선 너머 땅끝까지 갔다. 멀리 하늘을 떠받치고 있는 아틀라스의 모습이 보였다. 그 옆에는 풀과 녹음이 우거진 아름다운 정원이 있었다.

"과일 나무들이 보인다! 어서 가자."

과일 나무라는 말을 듣자 그들은 더욱더 힘을 냈다.

"물도 있다!"

그곳은 지상낙원이었다. 강물 가까이 가자 누가 먼저랄 것도 없이 배를 내려놓고 모두 강으로 정신없이 달려갔다. 그곳에 몸을 던지는 자, 고개를 숙인 채 물을 들이켜는 자, 손으로 물을 퍼 올려 마시는 자 등 제각기 시원한 강물이 주는 즐거움을 만끽했다. 메마른 몸에 물이 들어가자 풍선이 부풀 듯 삽시간에 근육이 탄탄한 원래 몸으로 돌아갔다. 이아손은 탈진해 정신을 잃은 메데이아의 얼굴에 차가운 물을 끼얹어 주었다. 메데이아는 곧 정신을 차렸다.

"여보, 일어나세요. 이제 우리는 살았소."

메데이아가 비틀거리며 깨어나자 이아손은 나뭇잎으로 물을 떠다 그녀의 입에 흘려 넣어주었다. 메데이아는 허겁지겁 물을 마셨다. 메데이아가 더 이상 물을 마시지 않고 누워서 크게 한숨을 내쉬자 이아손은 마지막으로 강물에 가서 비로소 물을 마셨다. 지도자란 그런 것이다. 가장 먼저 샘을 발견하고 가장 나중에 그 물을 마시는 것.

물로 배를 채웠지만 그들은 여전히 허기졌다. 그때 정원에서 세 명의 요정들이 나타났다. 그들은 바구니 가득 과일들을 담아왔다.

"어서 드세요."

이아손은 가장 맛있고 달콤한 석류를 메데이아에게 건네주었다. 이제 끝이라고 생각한 마지막 순간에 희망이 나타난 것이다. 모두들 과일을 실컷 먹고 기운을 되찾았다. 얼굴에 혈색이 돌고 힘이 불끈불끈 솟았다.

"고맙소. 아가씨들은 누구십니까?"

모두 여자들의 정체를 궁금해하는데 메데이아가 먼저 알아보고 말했다.

"아, 당신들은 헤스페리데스로군요! 저는 옛날에 레아 여신이 어린 헤라 여신을 이곳에서 키웠다는 이야기를 들었습니다."

그러자 요정들이 말했다.

"맞아요. 헤라 여신은 우리의 친구였답니다."

"우리가 올 것을 어떻게 알았습니까?"

"헤라 여신이 와서 말해주었어요."

"아!"

모두 감동받았다. 헤라가 자신들을 지켜주고 있다는 사실을 다시금 확인했기 때문이다.

"아, 이제 우리는 죽지 않겠다. 다른 여신들은 우리를 지켜주지 않지만 헤라 여신은 우리 편이야!"

"맞아. 우리는 고향으로 갈 수 있을 거야."

13

마지막 여정

영웅들이 원기를 회복하자 이아손은 아틀라스를 만나러 갔다. 제우스가 티탄들과의 전쟁에서 이긴 뒤 하나 남은 티탄인 아틀라스에게 하늘을 떠받들라고 명령을 내려 그 벌을 받는 중이었다.

"아, 아틀라스. 신의 저주를 받아 저렇게 무거운 하늘을 지고 있다니 너무 불쌍해."

"맞아. 말로만 들었을 때는 몰랐는데 우리가 신들의 노여움을 받아 보니까 얼마나 고통스러운지 알 거 같아."

그들은 아틀라스에게 가서 위로의 말을 전했다. 아틀라스는 모처럼 사람들이 찾아와 자신을 편들어주자 더없이 기뻤다.

"그대들처럼 뛰어난 영웅들이 나의 고통을 이해해주다니 정말 고맙구려. 그런데 여기까지 어떻게 왔소? 배는 어디에 두었소?"

"배는 우리 어깨에 짊어지고 왔습니다."

"아, 그대들은 역시 범상치 않은 인물들이군요. 그대들은 이곳에서 하나가 되어 살도록 운명 지어진 자들이오."

아틀라스에게 이것저것 궁금한 것을 묻다가 이아손이 마지막으로 물었다.

"우리 배를 띄울 만한 바다를 찾으려면 어디로 가야 합니까?"

밝은 얼굴로 이야기하던 아틀라스의 얼굴이 갑자기 어두워졌다.

"아, 그것은 쉽지 않은 일이오. 큰 바다로 나가려면 그대들의 힘만으로는 어려울 거요."

"누구의 도움을 구해야 합니까?"

"바다의 신 트리톤★의 도움이 필요하오. 오로지 그 신만이 그대들을 도울 수 있소."

"어떻게 하면 도움을 받을 수 있을까요?"

"일단 물에 배를 띄우시오. 그러고 나서 그의 도움을 청하시오."

"알겠습니다."

여기서 잠깐!!

바다의 신 트리톤은 포세이돈의 아들로 알려져 있어. 각 지역의 호수나 바다의 신으로 묘사되지. 그러다 보니 트리톤은 때로는 특정 신이기도 하고, 때로는 바다의 신을 대표하는 이름이기도 해. 가장 유명한 트리톤은 디즈니 애니메이션 〈인어공주〉에 나오는 아버지 해신이야. 삼지창을 휘두르며 딸인 인어공주 에이리얼을 아끼고 사랑하는 모습이 우리 머릿속에 강하게 새겨져 있지.

그들은 다시 한번 아틀라스에게 위로를 전한 뒤, 다음 날 물에 배를 띄웠다.

"자, 이제는 큰 바다로 나가 동쪽으로 가자."

그들이 밀려온 곳은 서쪽 아프리카였으니 고향은 동쪽에 있었다. 또다시 고단한 항해가 시작됐다. 그러나 그들의 항해는 오래 이어지지 못했다. 뱃길이 막힌 것이다. 계속 북쪽으로 올라가거나 남쪽으로 내려가도 번번이 뱃길이 막혔다. 나중에 알고 보니 그들은 거대한 호수 같은 바다에 갇혀 있었던 것이다.

"여기서 어떻게 빠져나가지?"

모두 망연자실할 때, 이아손이 말했다.

"아틀라스가 말하지 않았나? 트리톤의 도움을 받아야 한다고."

"그럼 트리톤 신에게 제사를 지냅시다."

하지만 그들에게는 또 다른 문제가 있었다. 제사를 지낼 제물이 없었다. 주변을 둘러봐도 작은 동물 하나 발견할 수 없었다. 하지만 그들은 불가능을 가능으로 만들 수 있는 영웅이었다. 몇 사람이 육지에 내려가 숲속으로 달려갔다. 한참 뒤에 그들은 사슴을 사로잡아왔다. 절묘한 솜씨로 화살을 쏘아 사슴 뒷다리를 맞혀 버둥거리는 것을 산 채로 잡아온 것이다. 그새 다른 영웅들은 바닷가에 정갈하게 돌을 쌓아 제단을 만들었다. 영웅들은 한데 모여 불을 붙이고 사슴 고기를 바쳤다. 그러면서 그들은 기도했다.

"트리톤이시여, 우리가 드넓은 대양으로 나갈 수 있도록 바닷길을 찾게 도와주소서."

그들이 기도를 끝내고 일어서기도 전에 바닷가에서 나팔 소리가 들려왔다. 트리톤이 물살을 가르며 나타난 것이다. 그를 실제로 본 자는 이제껏 아무도 없었다. 그랬기에 모두 크게 놀랐다.

"아, 저분이 바로 트리톤 신이로구나."

트리톤은 젊고 잘생긴 신이었다. 그는 한 손에는 소라 껍데기 나팔을 들고 다른 손에는 흙을 한 줌 쥐고 다가왔다. 그는 아무 말 없이 아르고호의 영웅들을 둘러보더니 선물을 받을 사람을 골랐다. 그는 바로 에우페모스★였다. 에우페모스가 손을 내밀자 그의 손에 흙을 부어주며 웅장한 목소리로 말했다.

"너를 위한 것이다. 이곳에서 이 흙을 받을 자는 너밖에 없다."

에우페모스는 기뻤다. 그는 공손하게 절하며 신의 선물을 받았다. 영웅들은 겨우 흙을 한 줌 주면서 무엇을 고마워하라는 건지 의아해했다. 트리톤이 흙을 준 뒤 다시 말했다.

"나를 따라올 준비가 되었는가?"

"예."

영웅들은 그제야 정신을 차리고 배에 올랐

여기서 잠깐!!

왜 에우페모스가 선택받았을까? 그 이유는 바로 그가 포세이돈의 아들이기 때문이야. 또한 그는 의리의 화신인 데다 특별한 재능이 있었어. 그건 바로 물 위를 걷는 능력이야. 아르고호의 영웅들이 심플레가데스 사이를 지날 때 비둘기를 날린 것이 에우페모스라는 이야기도 있어.

다. 노를 저어 다시 배를 움직이기 시작하자 트리톤이 앞장섰다. 곧 트리톤의 모습이 변했다. 하반신이 돌고래처럼 바뀌더니 지느러미와 꼬리로 거대한 물살을 가르며 앞서 나갔다. 영웅들은 그 모습을 보고 희망을 가졌다.

"아, 신이 우리를 안내해주다니. 이젠 걱정하지 않아도 되겠어."

그러나 트리톤이 헤엄쳐 가는 곳은 큰 바다가 아니라 해안가였다.

"앗, 저기로 가면 길이 막히는데……."

그들은 잠시 배를 멈췄다. 그대로 가다간 육지에 부딪칠 것 같았다. 그러나 트리톤은 계속 앞장서 갔다. 순간, 그들은 기적이 일어나는 것을 보았다. 땅이 갈라지며 트리톤의 뒤를 물살이 따라가는 것 아닌가.

"빨리 노를 저어라! 땅이 사라지고 물길이 생기지 않았느냐."

거대한 파도가 나올 때까지 트리톤은 계속 영웅들을 이끌어주었다. 영웅들은 몸이 부서져라 노를 저었다. 마침내 육지가 끊기고 거대한 바다가 나타났다.

"모두들 잘 가거라. 너희들의 제물은 잘 받았다."

트리톤은 갈라진 물 틈으로 돌아갔다. 트리톤이 사라지자 물길은 다시 메워져 육지가 되고 말았다. 그들이 헤맸던 호수의 이름은 트리토니스호수였다. 그들은 계속 동쪽으로 항해했다. 항해는 순탄하게 이어졌다. 영웅들은 더 이상의 고난이 없길 바라며 동쪽으로 항해했다. 얼마 지나지 않아 그들은 육지를 발견했다. 지평선과 수평선이 합쳐지는 곳에 높은 산들이 보이기 시작했다. 바로 크레타의 산봉우리였다.

"만세!"

이삼 일만 더 항해하면 이올코스에 도착할 것 같았다. 하지만 또 다른 난관이 발생했다. 배에 실은 과일들과 먹을 것이 그새 다 떨어진 것이다. 아르고호의 영웅들은 물자를 얻기 위해 사람들이 사는 해안가에 다가갔다. 그때 벼락 치는 소리가 나며 물보라가 일었다. 누군가가 집채만한 바위를 아르고호를 향해 던진 거였다. 산 위를 올려다보니 청동 거인 탈로스가 돌을 들어 바다로 던지는 것이 보였다. 안카이오스가 재빨리 배의 키를 잡고 익숙하게 돌려 두 번째 돌을 겨우 피했다.

"저 거인은 왜 우리를 괴롭히는 거지? 우리는 아무 짓도 하지 않았는데⋯⋯."

영웅들은 자신들을 해적으로 오해한 것일까 봐 소리를 질렀다.

"우리는 해적이 아니오! 우리는 당신을 해치러 온 게 아니오. 우리는 물과 먹을 것이 필요할 뿐이오."

하지만 소용없었다. 돌덩어리들은 계속 날아왔다. 메데이아가 그것을 보고 말했다.

"저자는 크레타의 수호자인 청동 거인 탈로스예요. 저자는 제우스의 말도 듣지 않아요. 저자의 취미는 바로 바윗돌을 던져 바다에 떠 있는 배들을 가라앉히는 거랍니다."

"어떡하면 좋지? 우리는 저곳에 상륙해야 되는데⋯⋯."

영웅들은 머리를 맞대고 궁리했다. 자신들에게는 해를 끼칠 의사가 없다고 백기를 들어 올려봤지만 소용없었다. 계속 바윗돌이 날아와 천둥 치는 소리를 내며 바다에 떨어졌다. 이곳을 떠나 다른 곳으로 가는 것은 불가능했다. 이삼 일 안에 도착할 만한 육지가 없었기 때문이다.

이때 메데이아가 꾀를 냈다.

"탈로스를 유혹해야겠어요."

"어떻게 유혹한단 말이오?"

"포도주를 주겠다고 하면 어떨까요?"

"포도주? 이 배에는 포도주가 없지 않소?"

메데이아가 생각한 게 있는 것 같았다. 이아손은 눈치채고 큰 소리로 말했다.

"탈로스, 멈춰라! 우리가 그대에게 포도주를 선물하겠다!"

포도주라는 말은 마법처럼 청동 거인의 행동을 멈추게 했다.

"포도주라고? 섬으로 가까이 와라!"

쩌렁쩌렁한 쇳소리가 들렸다. 아르고호는 육지로 다가가 배를 댔다. 그사이에 메데이아는 자신이 가져온 상자 안에서 이것저것 물건들을 꺼냈다. 그녀는 마지막 남은 물에다가 붉은 약초를 집어넣었다. 그리고 강력한 마법의 비약을 섞었다. 그러자 향기로운 냄새가 나는 게 누가 봐도 포도주 같았다. 물론 진짜 포도주는 아니었다.

그새 배를 대고 육지에 조심스럽게 내린 그들에게 탈로스가 다가왔다. 탈로스는 한마디로 헤파이스토스가 만든 로봇이었다. 청동으로 만들어진 덕분에 칼과 창을 던져도 상처를 입지 않았다. 덕분에 잠자거나 먹을 필요도 없었다. 하지만 맛있는 음식이라면 사족을 못 썼다. 생명을 유지하는 데 필요한 것은 아니지만 쾌락은 즐겼기 때문이다.

가까이 온 그를 보자 모두 경악하지 않을 수 없었다. 그와 맞서 싸우는 것은 불가능해 보였다. 굵은 허벅지와 장딴지를 보니 한 번만 밟혀도 그 밑에 깔린 사람은 내장이 터져 죽을 정도의 거대한 거인이었기 때문이다. 이때 메데이아가 나섰다.

"위대한 거인이시여, 약속을 지키실 건가요?"

"닥치고 포도주나 내놔라."

메데이아는 수정으로 만든 잔에 담긴 붉은색 가짜 포도주를 내밀었다. 영웅이라는 말이 어울리지 않게 아르고호의 일행들은 모두 한 발 물러서 있었다. 차마 다가서지도 못한 채 일행들은 메데이아의 용감한 모습에 감탄의 시선을 보냈다. 용사라고는 하지만 그들은 오금이 저려 청동 거인 앞에 나설 수 없었다. 오로지 메데이아 혼자만 앞에 나서 탈로스에게 포도주 잔을 건넸다. 그녀는 이 괴물이 어떤 자인지 알고 있었기에 전혀 두렵지 않았다.

포도주 잔을 받은 탈로스는 단숨에 마시지 않고 냄새부터 맡았다. 그러고는 혀를 내밀어 살짝 맛을 보았다. 약초 성분 때문에 포도주처럼 느껴졌다. 청동 거인은 포도주를 마시지 않고 아르고호와 메데이아, 이아손 일행을 바라보았다.

"아하하하하! 내가 너희들과 약속한 것을 지킬 것 같으냐? 이 섬에 올라온 이상 너희들은 모두 죽을 것이다. 이 포도주를 마시고 나서 모두 죽여주겠다. 내가 맛있게 먹는 거나 구경해라!"

본색을 드러낸 그는 수정 잔을 들어 단숨에 마법의 약물을 털어 넣었다. 그러더니 잔을 집어 던지고 양팔을 벌리며 영웅들을 하나씩 잡아 뜯어 먹으려고 손을 내밀었다. 가장 먼저 이아손과 메데이아에게 손을 뻗는 순간이었다. 메데이아의 약물이 한 발 빨랐다.

"크아아!"

그가 내민 손이 메데이아와 이아손의 코앞까지 왔을 때 지축을 울리는 소리가 들렸다. 탈로스가 그 자리에서 무릎을 꿇더니 앞으로 그대로 쓰러져버린 것이다. 거대한 석상이 무너져내린 것 같았다. 바닥에 엎어진 그가 차지한 면적은 거대한 소 한 마리가 하루 종일 밭을 간 면적보다 넓어 보였다. 쓰러진 탈로스를 바라보며 영웅들이 물었다.

"죽은 건가?"

"아니, 죽지 않았어요. 잠들었을 뿐이에요."

메데이아가 재빨리 말했다. 메데이아가 만든 약초는 강력한 수면제로, 탈로스를 단숨에 잠재워버렸다.

"곧 깨어날 거예요. 어서 저 발뒤꿈치에 있는 마개를 뽑아내세요."

탈로스의 발뒤꿈치를 살펴보니 포도주 병의 뚜껑을 막은 것처럼 마개가 박혀 있었다. 이아손은 칼을 대고 비틀어 마개를 뽑아냈다. 뻥 소리와 함께 마개가 빠지자 투명한 액체가 쏟아져 나왔다. 그것은 바로 탈로스의 피였다. 탈로스의 코 고는 소리가 서서히 작아졌다. 투명한 액체가 다 쏟아져 나온 순간, 탈로스는 숨이 끊겼다. 수없이 많은 배들을 침몰시키고 수없이 많은 사람들을 잡아먹던 괴물은 이렇게 죽고 말았다.

"만세!"

메데이아가 큰 공을 세우자 영웅들은 언제 그랬냐는 듯 그녀를 둘러싸고 기뻐했다. 그들은 섬의 물과 과일과 짐승들로 양식을 마련할 수 있었다. 영웅들은 다시금 배를 타고 바다로 나아갔다. 항해는 순조로웠다. 그러나 아직도 신들의 저주는 끝난 게 아니었다. 별을 보고 방향을 잡으려는데 별들이 빛을 잃거나 하나둘 사라지는 게 아닌가.

"이상하다. 어둠의 안개에 사로잡힌 것 같아."

배를 밝히던 등불까지 꺼져버렸다. 불을 다시 켤 수도 없었다. 빛이 다 없어져버린 것이다. 온통 암흑천지였다. 눈을 감거나 뜨거나 다를 게 없었다. 배를 잘못 저으면 암초에 가서 부딪힐 것 같았다.

"린케우스, 그대의 눈으로 잘 살펴보게."

린케우스는 아무리 작은 빛도 찾아내는 놀라운 눈을 가졌지만, 그런 그조차 아무것도 찾아낼 수 없었다. 영웅들은 두려워졌다.

"이대로 죽는 거 아냐?"

"이대로 스틱스강을 통해 하데스의 저승으로 가는 거 아닐까?"

"신들이 우리를 용서하지 않은 거야. 우리는 영원히 이 어둠 속에서 살아야 될지도 몰라."

이아손은 머리를 쥐어짰다. 누가 도움을 줄 수 있을지 생각했다.

"어둠을 쫓아낼 신이 필요해!"

빛의 신 아폴론의 도움이 필요했다. 아폴론만이 어둠을 쫓아낼 수 있을 거라는 생각에 벌떡 일어나 경건한 목소리로 하늘을 향해 외쳤다.

"신이시여, 위대한 아폴론 신이시여!"

그 말은 메아리처 다시 돌아왔다. 지하 동굴에 갇혔다는 뜻이었다.

"우리가 하데스의 나라에 온 것이구나. 우리는 모두 다 죽은 거야."

메아리가 울려 퍼지자 모두 다 희망을 내려놓았지만 이아손은 굴하지 않고 다시 외쳤다.

"빛의 신 아폴론 신이시여! 신들의 아버지 제우스 신이시여! 빛을 내려주소서. 당신들을 숭배하는 자에게 희망을 보여주소서."

이 말은 계속 메아리치며 왕왕 울렸다. 아무리 외쳐봐야 소용없는 것 같았다. 그래도 이아손은 포기하지 않았다. 허공에 대고 한참 동안 외쳤다. 그 순간, 신이 응답했다. 어둠이 갈라지며 한 줄기 빛이 내려왔다. 커다란 암흑 덩어리를 아폴론이 갈라낸 것이다. 일행들은 주위를 둘러봤다. 그 순간, 그들은 알아차렸다. 그들은 지옥에 간 것이 아니라 거대한 산 같은 바위들이 연결되어 있는 지하 동굴을 통과하는 중이었다. 주위를 둘러보던 몹소스가 말했다.

"이게 말로만 듣던 죽음의 검은 바위들이군요. 이 바위틈으로 들어오면 어둠 속에 갇혀 출구를 찾지 못해 모두 하데스의 나라로 간다는 소문을 들었습니다."

"어떻게 하면 빠져나갈 수 있소?"

그들이 의지할 것은 어둠을 갈라주고 있는 아폴론뿐이었다. 아폴론은 팔을 들어 자신이 이끄는 대로 따라오라고 손짓했다. 어둠 속에서 유일하게 빛나는 아폴론을 보며 그들은 노를 저었다. 얼마나 노를 저었을까. 마침내 사방이 서서히 환해지면서 어두운 동굴에서 빠져나올 수 있었다. 그들 앞에는 불이 환하게 밝혀진 섬이 있었다. 섬에 도착하자마자 그들은 달려가 감사 표시를 했다. 해변 동굴에 들어가 사냥한 동물을 제물로 바치고 아폴론 신의 신전을 만든 것이다. 얼기설기 돌로 만든 신전이지만 나중에 그곳은 밝은 빛의 아폴론 신전으로 불리게 되었다.

그곳에서 원기를 회복한 영웅들은 아폴론을 위해 운동 대회를 열었다. 오르페우스는 수금을 연주하면서 신에게 노래를 바쳤다.

> 높이 떠오르는 태양의 신 아폴론.
> 화려한 영광과 빛나는 권능의 주인.
> 하늘을 가득 채우는 그의 영광을 보아라.
> 찬란한 빛으로 우주를 밝히는 신성한 존재.
> 그의 화살은 적들을 무찌르고
> 치유의 기운으로 우리를 구원하네.

이 검은 바위가 그들의 마지막 모험이었다.

그때 에우페모스는 트리톤이 준 한 줌의 흙이 생각났다. 고향에 거의 다 도착했을 무렵, 에우페모스는 늘 자신을 옹호해주고 친구로서 우정을 잃지 않는 이아손에게 말했다.

"황금 양털을 가지고 돌아가는 자네는 온갖 영예와 부를 차지하겠지만, 내가 얻은 것이라고는 트리톤에게서 받은 이 흙 한 줌뿐이로군."

그러자 이아손이 말했다.

"여보게. 신에게 무언가를 받은 자는 왕이 된다고 하지 않던가? 키르케가 나에게 예언한 것을 잊었나. 그녀는 신들이 나를 절대 용서하지 않을 거라고 했지. 나는 지금까지도 신들의 저주를 받고 있는데 그대는 어떤가? 저주는커녕 흙을 선물 받지 않았는가? 대단한 영광 아닌가?"

"그래 봐야 평범한 흙일 뿐이야."

"그 흙은 분명히 의미가 있을 거야. 신이 준 물건 아닌가. 어쩌면 그

흙 덕분에 자네에게 영토가 생길지도 모르지."

"이 흙 한 줌이 영토가 될 거라고? 개미들의 왕국이겠군. 하하하! 덕분에 모험 잘했네. 나는 그것으로 족하네."

에오페모스는 웃으며 바다에 그 흙을 뿌렸다.

"자, 어떻게 되나 보세. 개미들이 어떻게 되는지."

그 순간이었다. 물에 들어간 흙이 덩어리지며 바다 위에 둥둥 떠올랐다. 마치 톱밥을 뭉쳐놓은 덩어리 같았다. 그러더니 흙덩어리는 점점 커지기 시작했다.

"어어, 저걸 봐. 놀라운 일이 벌어지고 있어."

아르고호가 엄청난 속도로 커지는 흙덩어리에 먹혀버릴까 봐 일행들은 재빨리 노를 저었다. 흙덩어리는 어느새 작은 섬처럼 되었다. 그런 뒤에도 점점 커졌다. 그러더니 이내 풀과 나무가 빠르게 자라나 섬 전체가 초록색으로 변했다. 순식간에 포도나무가 자라고, 밀밭이 생겼다. 도시도 만들어졌다. 마치 수천 년의 역사를 단 몇 분에 압축해놓은 것만 같았다. 그러더니 사람들이 왔다 갔다 하고 여기저기 굴뚝에서 밥 짓는 연기가 피어났다.

"앗, 우리가 헛것을 보는 거 아닌가? 이게 진짜인가?"

눈앞에서 보고도 그들은 믿을 수 없었다. 섬은 거대한 땅이 되고 나서야 성장을 멈췄다. 섬사람들은 앞다퉈 바닷가로 달려오더니 배에 타고 있는 에우페모스를 보고 외쳤다.

"에우페모스 왕이시여! 어서 오십시오. 우리가 기다리고 있습니다!"

에우페모스는 눈앞에서 보고도 이 광경이 믿기지 않았다. 한 줌의 흙이 거대한 왕국이 된 것이다. 에우페모스는 그 섬에 트리토니스라는 이름을 붙였다. 오늘날 그리스에서 유명한 관광지인 산토리니가 바로 이 지역이다. 나라의 주인이 된 에우페모스는 배에서 내렸다. 아르고호의 영웅들은 그곳에서 마음껏 먹고 마시며 휴식을 취했다. 왕이 된 에우페모스는 그들을 극진히 대접한 뒤 바닷가에 나와 배웅해주었다. 그에게는 어느새 왕비까지 생겼다. 아르고호의 영웅들 가운데 가장 큰 보상을 받은 것은 에우페모스였다. 흔들리지 않는 마음을 가지고 선량하게 메데이아와 이아손을 도와서 이런 선물을 받은 것이리라. 일관성 있는 마음을 가진 자는 유혹을 이겨내고 큰 보상을 받는 법이다. 영웅들은 모두 머리가 복잡해졌다. 자신들이 받을 보상이 무엇인가 생각하고 있었던 것이다.

이아손은 메데이아와 대화를 나누었다.

"에우페모스가 잘 돼서 정말 다행이야. 그는 우리를 열심히 도와주었지. 무엇보다 가장 진실하며 정의로운 자였잖소."

"맞아요. 우리 아르고호에서 가장 큰 보상을 받은 자가 에우페모스라니 당연한 결과예요. 그런 사람이 왕이 되었으니 저 섬의 사람들은 모두 행복하게 잘 살 거예요."

"황금 양털을 가지고 가서 펠리아스가 내건 조건을 달성하면 나도 왕이 될 수 있을까?"

메데이아는 고개를 저었다.

"그렇지 않을 수도 있어요."

"그야 인간이 갖고 싶은 것을 다 성취하라는 법은 없으니까."

"이올코스의 왕좌가 당신 것인 건 맞지만, 지금 더 중요한 것은 신들이 아직도 우리를 미워하며 벌주고 싶어 한다는 사실이에요."

"이렇게까지 고생했는데 신들이 우리를 더 괴롭힐 거라고?"

"그렇진 않을 거예요. 상이 주어졌다는 것은 아르고호의 항해가 끝났고 더 이상의 고난은 없을 거라는 뜻이지요."

이아손은 이올코스에 도착한 뒤에도 자신에게 계속 신들의 저주가 내려질까 봐 두려웠다. 하지만 희망도 있었다. 헤라가 여전히 이아손을 지지해주었고, 펠리아스는 사람들이 보는 앞에서 황금 양털을 가지고 오면 왕좌를 내놓겠다고 약속했기 때문이다.

"저기 이올코스가 보입니다."

마침내 아르고호는 이올코스만에 들어섰다. 도시의 건물들이 보였다. 영웅들은 모두 가슴이 두근거렸다. 고향에 돌아오느라 얼마나 고생했던가. 가족과 사랑하는 이들과 떨어져서 엄청난 모험을 하고 돌아온 것이다. 게다가 그들의 배에는 황금 양털이 걸려 있었다. 모든 행복과 풍요와 부의 상징인 황금 양털 말이다. 행운의 상징을 갖고 왔음에도 그들이 겪은 건 대부분 행운이 아니라 불행이었다. 어쨌든 그들은 3년 3개월 만에 귀환했다.

황금 양털을 돛대에 매단 채 아르고호는 항구에 들어섰다. 엄청난 군중이 모여서 그들을 환영해주었다. 오르페우스는 노래를 불렀다. 마음 같아서는 승전가를 부르고 싶었지만 그동안의 고생을 떠올리니 목소리가 갈라지며 눈물이 뚝뚝 떨어졌다.

깊은 어둠 속을 지나 새로운 세계를 찾아

내 노래로 인간의 마음을 빛나게 하며

바위와 나무, 물과 동물까지 모두 춤추게

하네.

끝없는 모험을 마치고 이제 집으로 돌

아와

행복한 기억들로 가득 채운 귀환의 길을

노래하네.

그 노래를 들으며 아르고호의 영웅들은 모

두 눈물을 흘렸다. 마침내 배가 항구에 닿자

밧줄을 던져서 배를 옭아맸다. 배에서 제일 먼

저 내린 이아손은 기다리고 있던 아버지와 어

머니를 만나 부둥켜안았다. 3년이 넘는 시간

동안 오직 아들만을 기다려온 아버지 아이손

은 그사이에 많이 늙어 있었다.★ 이아손이 영

웅들을 대표해서 한마디했다.

"여러분, 모험이 끝났습니다. 황금 양털이

이곳에 있습니다. 이제 우리에게는 행복과 풍

요가 가득할 것입니다."

하지만 행복과 풍요는 생각처럼 기쁘게 오

는 것은 아니라는 사실을 그들은 알지 못했다.

메데이아는 시아버지 아이손이 아
들을 기다리다 너무 늙었다는 사실
을 알고 그를 다시 젊게 만들었다고
하는 이야기도 있어. 각종 약초를 모
아 비밀 재료들과 섞어서 신비의 영
약을 만들어서 늙은 그를 죽게 한 뒤
새로운 피가 돌게 해서 젊게 만들었
다는 거지. 인간의 젊어지고 싶은 욕
망, 영원히 살고 싶은 욕망은 동서고
금을 막론하고 공통된 것인 듯해. 이
런 생각이 계속 이어져 오늘날 줄기
세포 배양으로 세포를 젊게도 하고
동물들을 복제하거나 망가진 장기
를 재생시키고 이식하는 단계까지
오게 된 거야.

14

영웅의 불행한 종말

　이아손이 황금 양털을 되찾아 돌아오자 가장 놀란 사람은 왕인 펠리아스였다. 아르고호의 영웅들에게 절대 이룰 수 없는 과업을 주었다고 생각했는데 돛에 매달려 번쩍이는 황금 양털을 보고 그는 어쩔 줄 몰라 했다. 그때 시종 하나가 달려왔다.

　"대왕이시여, 이아손이 돌아왔습니다."

　"그게 정말이냐? 영웅들은 다 살아 있고?"

　"일부는 보이지 않지만 이아손은 건재합니다. 게다가 황금 양털을 가져왔습니다. 보고만 있어도 눈이 부실 정도입니다."

　펠리아스는 당황했다. 사람들이 이아손을 환영하는 것을 보며, 그는 궁전에 틀어박혀 고민했다. 대개 왕이라는 자들은 권모술수와 잔꾀에 능한 법이다. 펠리아스 역시 이 위기를 헤쳐 나가기 위해 갖은 궁리를 했다. 해가 뜰 무렵, 그는 마침내 간교한 꾀를 생각해냈다. 다음 날 아침 일찍 이아손은 아르고호의 영웅들 중 대표격인 아홉 명과 함께 궁전에 들어왔다.

"황금 양털을 가져왔습니다. 대왕께서는 약속을 지키시지요."

펠리아스는 온화한 표정으로 대답했다.

"그대의 용감함과 포기할 줄 모르는 불굴의 의지가 황금 양털을 얻게 만들었구나. 그렇지 않아도 나는 어제부터 왕국을 정리하고 있었다. 며칠 뒤면 너에게 왕관을 넘겨줄 것이다."

영웅들은 환영하는 사람들과 함께 잔치를 벌였다. 왕이 약속을 이행하겠다고 했으니 모험의 성공을 축하하는 잔치가 벌어진 것이다. 동료들은 모두 이아손에게 말했다.

"이아손, 그대 덕분에 평생 잊을 수 없는 큰 모험을 했네. 고맙네."

잔치가 끝나자 영웅들은 자기 몫의 전리품을 가지고 돌아갔다.★ 그사이에 펠리아스는

여기서
잠깐!!

고대 그리스 지역에는 수많은 귀족 가문이 있었어. 이들은 이아손의 아르고호 원정대에 자신의 조상이 함께했다고 주장하지. 이아손 이야기를 노래하는 시인이나 역사가들에게 영향력을 행사해서 원정대에 낀 영웅의 이름에 자신들의 조상을 집어넣은 이들도 있었어. 그렇기에 지금도 아르고호에 탄 영웅이 정확히 누구인지는 알 수 없어. 너도 나도 후대에 자기 중심적으로 영웅들의 명단을 조작했으니까. 조선 말기 갑오경장 때 신분제가 무너지면서 노비나 평민들이 양반 신분을 사 들였는데, 그때도 이와 비슷한 상황이었어. 당시 가장 세도가이고 본관도 많은 김씨가 최고 인기 상품이었다고 해. 왕, 혹은 영웅의 후손이고 싶어 하는 것은 인간의 본능 같아.

자객을 보내 이아손의 아버지 아이손을 죽였다. 아이손이 밤새 죽어 있는 것을 보고 아내는 울부짖었다.

"여보, 이게 어찌 된 일이에요? 오랫동안 기다려온 아들이 돌아왔는데 당신이 죽다니."

마침 고향 집에 돌아온 이아손은 아버지의 주검을 보고 모든 걸 깨달았다. 어제까지 건강하던 아버지가 죽은 건 바로 펠리아스 때문이라는 것을. 어머니는 삶의 희망을 잃고 목을 매달아 죽어버렸다. 시체만 남은 집에서 이아손은 이를 부드득 갈았다.

"이 원수를 어떻게 갚는단 말인가!"

현명한 메데이아는 펠리아스가 이 모든 일을 어떻게 저질렀는지 꿰뚫어 봤다.★

"펠리아스는 벌을 받아야 해요. 내가 도와줄게요."

메데이아는 보복할 방법을 생각해냈다. 그녀는 사람을 시켜 펠리아스의 딸들을 만날 수 있도록 다리를 놓게 했다. 펠리아스의 딸들과 만난 메데이아는 다정하게 말했다.

"이아손은 더 이상 문제를 키우고 싶어 하지 않아요."

"정말 다행이에요. 고마워요. 비록 우리 아버지가 나쁜 짓을 저지르셨지만 우리는 아버지를 정말 사랑한답니다."

"그럼요. 당연히 그러셔야죠."

공주들은 메데이아가 호의적이어서 크게 안심했다. 비로소 소문으로만 들었던 것을 묻기 시작했다.

"메데이아, 그대는 불가능을 가능하게 만드는 여인이라고 들었어요.

우리를 위해서 무엇이든지 해줄 수 있나요?"

"그럼요. 나는 이곳에서 이아손과 함께 가
정을 꾸리고 평화롭게 살고 싶어요. 왕국 따위
는 필요하지 않아요. 내가 이아손에게 잘 말해
줄게요."

"아, 당신 말을 들으면 아버지께서 기뻐하
실 거예요."

"그러니 어서 대왕께 걱정하지 말라고 전
해주세요."

공주들은 메데이아를 완전히 믿게 되었다.
그리고 나니 더더욱 호기심이 발동했다.

"메데이아, 당신은 놀라운 마법사라고 하던
데, 무슨 일이든지 할 수 있나요?"

"그럼요. 어떤 마법을 보여드릴까요? 무엇
이든 말씀해보세요."

"죽은 사람도 살릴 수 있어요?"

"그것은 어렵지만 살려낸다면 다시 젊어지
지요."

"그게 정말이에요?"

"그럼요. 한번 보여드릴까요?"

젊은 딸들은 호기심이 넘쳐흘렀다.

"보여주세요. 죽은 사람을 어떻게 살리나

여기서
잠깐!!

아이손의 죽음 역시 대단한 사건이
라 다른 이야기들이 많아. 펠리아스
가 죽으려 하는 걸 알아챈 아이손이
죽는 방법은 자신이 결정하게 해달
라고 했대. 그래서 황소의 피에 독을
타서 마시고 죽었다는 거야. 아내 알
키메데스는 이를 보고 슬퍼하다가
목을 매달아 죽었어. 심지어 또 다른
아들 프로마코스는 펠리아스가 직
접 제거했다고 해. 이 모든 일이 끝
난 뒤 이아손이 돌아왔다는 거야. 그
래서 이아손이 품은 원한을 아내인
메데이아가 갚은 거지. 주인공을 돋
보이게 하기 위해 주변 사람들을 잔
인할 정도로 불행하게 만드는 건 이
야기의 극적 효과를 높이기 위해 자
주 쓰는 방법이야.

궁금해요."

"그러면 늙은 숫양을 한 마리 가져와보세요. 숫양을 죽였다가 젊은 모습으로 되살리는 것을 보여드릴게요."

"정말이지요?"

공주들은 바로 늙은 숫양을 가져왔다. 커다란 가마솥에 물을 팔팔 끓이게 한 뒤, 메데이아는 숫양의 뿔을 양손으로 잡더니 날카로운 비수로 숫양의 목을 찔렀다. 숫양은 그대로 피를 쏟고 쓰러져 발버둥 치다 죽었다.

"숫양을 저 끓는 물에 넣으세요."

옆에 있던 시종들이 끓는 물에 양을 던져 넣었다. 그것을 본 펠리아스의 딸들이 말했다.

"죽은 양이 어떻게 살아난다는 거예요? 말도 안 돼요."

그 순간, 솥에 들어갔던 죽은 양이 갑자기 푸드덕 뛰어나왔다. 뛰어나와서 온몸을 흔들어 물을 터는데 보니 어느새 팔팔한 젊은 양이 되어 있었다.

"세상에. 이럴 수가."

모두 깜짝 놀랐다. 기적이었다. 메데이아가 마법을 부린 것이다. 펠리아스의 딸들은 다급히 다가와 무릎을 꿇었다.

"메데이아, 그대는 정말 대단해요. 그대를 믿지 못했던 것을 용서해주세요."

그러자 펠리아스의 큰딸이 말했다.

"우리 아버지가 연로하셔서 곧 돌아가실 것 같아요. 아버지가 돌아가시면 이 왕국을 어떻게 이끌어가야 할지 모르겠어요. 그래서 부탁인데, 메데이아, 우리 아버지를 젊게 해주세요."

"어려운 일이긴 하네요. 하지만 따님들이 이토록 간곡하게 원하시니 제가 주문을 걸어드릴게요."

"주문이라니요?"

"아까 숫양에게 주문을 걸듯 아버님께 다시 젊어질 수 있는 마법의 주문을 걸어드리겠어요."

메데이아는 하늘을 향해 손을 벌리며 중얼중얼 주문을 외웠다. 그러자 하늘에서 마른번개가 쳤다.

"자, 주문이 받아들여졌어요. 이제 공주님들이 직접 하셔도 아버지가 젊어지실 수 있을 거예요."

"너무 고마워요."

메데이아가 돌아가자 공주들은 의논했다. 펠리아스가 이 말을 절대로 믿지 않을 것 같았기 때문이다.

"아버지가 잠드셨을 때 실행하자. 아버지는 분명히 젊어지실 거야."

"그래, 그러면 우리를 더 사랑해주시겠지."

어리석은 딸들이었다. 그날 밤 펠리아스가 잠들자 딸들은 펄펄 끓는 물이 가득 들어 있는 가마솥을 시종들에게 들게 한 뒤 칼을 든 채 아버지의 방으로 들어갔다. 이들은 아버지가 마법에 걸렸다고 철석같이 믿고 하늘을 우러러보며 물었다.

"아버지가 정말 마법에 걸리신 게 맞지요?"

다시 한번 하늘에서 천둥소리가 울렸다.

"맞대."

그들은 펠리아스의 목을 단숨에 찔렀다. 그러곤 번쩍 들어 펄펄 끓는 가마솥에 집어넣었다. 그러나 기적은 일어나지 않았다. 펠리아스는 이렇게 다시는 돌아오지 못할 길을 떠나고 말았다. 딸들에 의해서 가마솥에 삶아진 것이다.★ 메데이아를 통해 이아손의 복수가 행해진 셈이다.

갑자기 펠리아스가 죽은 뒤 대신들의 추천으로 펠리아스의 아들 아카스토스가 왕위에 올랐다. 이아손과 약속한 것은 펠리아스였지 그의 아들 아카스토스가 아니었다. 아카스토스는 메데이아가 자기 아버지를 죽였다는 사실에 이아손과 아르고호를 타고 모험을 떠났던 추억이나 우정을 다 지워버렸다. 둘의 관계는 순식간에 원수지간이 되었다. 결국 이아손은 아르고호를 수리해 이올코스를 떠날 수밖에 없게 되었다. 황금 양털을 가져와 나라에 부와 명예를 안겨주려고 했지만 그 모험의 주역인 영웅의 말로는 이렇게 비참했다.

"황금 양털도 가지고 떠나라!"

아카스토스의 말에 이아손은 라피스티움산에 가서 제우스 신에게 황금 양털을 바쳤다. 그 신전에서 마법의 양이 프릭소스와 헬레를 데리고 떠났는데 양은 죽고 양털만 돌아온 것이다. 이는 알맹이는 없고 껍데기만 남았다는 의미이기도 하고, 정말 중요한 것은 없어지고 그것을 둘러싼 형식이나 외적인 규율만 남았다는 의미이기도 하다. 이렇듯 이아손에게는 아무런 보상도 주어지지 않았다. 황금 양털을 가져왔다고 해서 그리스가 풍요로워진 것도 아니었다.

이아손과 메데이아는 라피스티움산에서 내려와 바다로 가 배에 오른 뒤 남쪽으로 가기로 했다. 코린토스를 목적지로 정했다. 그곳의 왕이 바로 시시포스의 후손이면서 이아손의 친척인 크레온이기 때문이었다.

크레온은 아르고호 원정대를 이끈 이아손을 따뜻하게 맞아주고 멋진 집을 선물해 메데이아와 함께 편히 살게 해주었다. 메데이아는 헤라에게 감사하기 위해 산꼭대기에 신전을 세우고 헤라 신전의 사제가 되었다. 둘 사이에서는 아이가 넷이나 태어나 영원히 행복하게 살 것만 같았다. 하지만 신들은 그들이 지은 죄를 잊지 않고 있었다. 아이들이 자라면서 두 사람의 갈등은 점점 커져만 갔다. 처음에는 따듯하게 맞아주었던 코린토스 사람도 점점 바뀌었다.

"메데이아는 마녀잖아. 우리 땅에 마녀가 산다니 너무 불길해."

"나라에 좋지 않은 일이 생기는 건 다 메데이아 때문이야."

아무런 잘못도 하지 않았는데 메데이아의 평판은 날로 나빠졌다. 심지어 사람들은 그녀를 이름 대신 마녀라고 부르기까지 했다. 뿐만

여기서 잠깐!!

다른 이야기에서는 펠리아스의 딸들이 아버지가 잠들자 칼로 찔러 죽이고 그의 몸속에 젊은 피를 넣었다고 해. 그때 메데이아가 숨이 덜 끊어진 펠리아스의 목을 베고는 그대로 가마솥에 던져버렸대. 너무나 끔찍한 이야기인데 이런 신화의 모티브는 여러 이야기에서 찾아볼 수 있어. 메데이아는 눈속임에 능해서 미리 젊은 양과 늙은 양을 준비해두었다가 사람들을 홀린 뒤 바꿔치기한 거지. 이런 마술은 《아라비안 나이트》나 중국, 심지어 우리 문헌에서도 많이 찾아볼 수 있어. 조선 후기의 실학자 박지원이 쓴 《열하일기》를 보면 중국을 갔다 오면서 마술사가 사람들을 속여넘기는 이야기가 나와.

아니라 자신의 아이들이 그녀의 자식들과 어울리지 못하도록 막았다. 한마디로 모든 식구가 따돌림당한 것이다.

10여 년의 세월이 흘렀다. 아이들도 자랐고, 이아손은 그저 왕의 친구로서 가끔 궁전에 방문해 연회에 참여하는 것이 유일한 낙이었다. 메데이아 역시 나이 들면서 미모가 스러지자 이아손의 관심은 그녀에게서 점점 멀어졌다. 메데이아는 여인으로서 분노가 치밀어올랐다. 사실 이아손은 메데이아와 가족들에게 집중하며 노후를 준비해야 할 나이였다. 그러나 그가 영웅으로 빛나던 자신의 과거에 집착하면서 메데이아와의 관계는 날로 냉랭해졌다. 만나면 싸우다 보니 그들 부부의 관계는 점점 더 멀어졌다. 그들 사이의 비극은 이때부터 시작되었던 것이다. 크레온이 이 사태에 불을 질렀다.

크레온에게는 글라우케라는 아름다운 딸이 있었다. 이아손의 영웅다운 모습을 흠모하던 크레온은 그에게 솔깃한 제안을 했다.

"여보게, 친구. 나에게 고민이 있다네."

"무슨 고민인가?"

"나는 아들이 없지 않은가? 내가 죽으면 이 왕국은 누가 물려받는단 말인가?"

"그거 참 큰 고민이로군. 내가 도울 일이라도 있는가?"

"그대가 내 딸 글라우케와 결혼하면 어떻겠나? 메데이아와 자네 관계가 그리 좋지 않다는 것을 잘 알고 있네. 글라우케를 데려가서 먼 훗날 코린토스의 왕좌를 차지하게나. 그럼 자네의 소원도 이룰 수 있을 거야. 이올코스의 왕 대신에 코린토스의 왕이 되는 것도 꽤 괜찮은 일

아닌가.”

　누구라도 반할 만큼 아름다운 젊은 여인을 아내로 얻을 수 있을 뿐만 아니라 왕의 자리까지 물려주겠다는 놀라운 제안이었지만 이아손은 아무런 대답도 하지 않았다. 그는 어떻게 여기까지 왔는지 되새겨봤다. 메데이아가 없었다면 아레스의 밭에서 거인 전사들과 싸워 이길 수 없었을 것이고, 황금 양털도 가져올 수 없었을 것이다. 뿐만 아니라 자신을 위해 동생 압시르토스까지 죽인 메데이아 아닌가. 그 대가를 함께 치르며 신들의 저주를 이겨낸 전우 같은 관계였다. 결국 이아손의 의지가 이겼다.

　“고맙지만 자네의 제안을 받아들일 순 없네. 미안하네.”

　과거를 돌아보면서 이아손은 메데이아에 대한 애정이 다시 샘솟는 것을 느꼈다. 왕국도, 젊은 공주도 포기한 이아손은 메데이아가 자신을 위해 얼마나 큰 희생을 했는지 되새기며 집으로 돌아갔다. 그때 메데이아는 집에 돌아온 이아손을 따뜻하게 맞아주었어야 했다. 그랬다면 그들 부부의 관계는 다시 행복해졌을 것이다. 그러나 메데이아는 지나치게 성급했다. 며칠 만에 흥분한 얼굴로 돌아온 이아손을 보자마자 메데이아는 그동안 무슨 일이 있었는지 모두 짐작했다. 그들은 다시 한번 크게 싸웠다. 메데이아는 발작하듯 외쳤다.

　“나는 너를 위해 모든 것을 바쳤는데 너는 지금 나를 한낱 늙은 여자로만 취급하는구나. 내가 없었으면 오늘날 영웅 이아손이 있었을 줄 아느냐? 이 거지 발싸개 같은 인간아.”

　물건을 집어 던지며 머리를 쥐어뜯는 메데이아를 보자 이아손은 모처럼 생겨났던 사랑의 감정이 순식간에 사라져버리는 것을 느꼈다.

"그래. 이제 진짜 끝이다!"

다음 날 새벽 일찍 그는 궁전으로 달려가 크레톤에게 선언했다.

"그대의 제안을 받아들이겠네. 글라우케를 내 아내로 맞겠어. 그로 인해 어떤 일을 겪더라도 기꺼이 감수하겠네."

이아손은 다시는 집으로 돌아가지 않겠다고 결심했다.

메데이아는 모처럼 남편이 집에 돌아왔는데 자신이 포악을 떨어서 쫓아낸 것 같아 뒤늦게 후회했다. 그런데 며칠 뒤 집 안에서 내려다보는 도시의 풍경이 왠지 전과 다른 것 같았다. 무슨 잔치라도 벌어진 것처럼 사람들이 기뻐하는 것 아닌가. 은은하게 음악 소리가 들려오고, 모두 다 좋은 옷을 차려입고 분주히 왔다 갔다 했다. 메데이아는 궁금해졌다.

'무슨 일이지? 나가봐야겠다.'

메데이아는 광장에 나가 사람들의 이야기에 귀를 기울였다.

"이아손과 공주님이 결혼하신대. 아르고호의 영웅이 우리나라를 물려받을 거야."

굴욕적인 이야기였다. 메데이아는 이를 부득부득 갈았다. 이아손이 돌아오면 그와 잘 이야기해보려고 했는데, 자신을 버리고 코린토스의 공주와 결혼할 거라니. 그녀는 배신감에 치를 떨었다.★ 집으로 돌아온 메데이아는 모든 것을 정리할 준비를 했다.

마침내 결혼식 날이 되었다. 사람들은 모두 기뻐하며 거리에 나와 결혼식 행렬을 구경했다. 마차를 탄 이아손과 글라우케는 행복한 미소를 짓고 있었다. 수많은 이웃 나라 왕들이 그들과 함께 무리를 이뤄 행진했다. 아름다운 공주와 아르고호의 영웅이 결혼한다니 모두가 축복할 만한 일이었다. 이아손은 이올코스가 아니라 코린토스의 왕이 될 테지만 어찌 됐든 왕이 될 것이니 더없이 만족스러웠다. 그때 사람들의 무리를 뚫고 여자 하나가 난입해 들어왔다.

"이 배신자. 이아손, 네 이놈. 어떻게 나를 버리고 다른 여자와 결혼할 수 있단 말이냐? 그러고도 네가 영웅이라고 할 수 있느냐?"

메데이아는 씩씩거리며 달려오더니 마차 위로 뛰어올라 이아손을 때리고 물어뜯고 마구 할퀴었다. 사람들은 모두 깜짝 놀라 비명을 질렀다.

"이게 무슨 난리야?"

"이아손, 너는 나와의 약속을 저버린 더러운 놈이다. 나와의 맹세를 어기다니, 너는 이제부터 모욕을 받을 것이다. 모든 저주가 너와 함께할 것이다. 그리고 글라우케, 너도 마찬가지 운명이 될 것이다. 진짜 증오가 무엇인지 보여주겠다. 모든 신과 인간의 저주가 너희들과 함께할 것이다."

여기서 잠깐!!

이아손이 파렴치한 같지만, 그의 마음을 이해할 수 없는 것도 아니야. 그의 모험이 성공하는 데 메데이아가 큰 도움을 준 건 사실이지만 그 덕분에 메데이아 역시 미개한 콜키스에서 빠져나와 문명과 정의가 지배하는 그리스로 올 수 있었어. 그리고 명성과 함께 자녀들도 얻었지. 그녀가 모든 것을 희생하고 그 대가를 하나도 누리지 못한 것은 아니라는 말이야. 상황이 이렇게 변했으니 이아손이 달라진 것도 당연해. 대개 사람들이 변절하는 것은 환경의 변화에서 비롯되는데, 이아손은 그 대표적인 경우라고 할 수 있어. 그렇기 때문에 의리를 지키고 변하지 않는 사람들이 존경받는 거야.

병사들이 달려와 메데이아를 끌어내렸다. 메데이아는 끝까지 비명을 지르며 발버둥 치다가 끌려갔다. 이렇게 엉망진창이 되었지만, 큰 행사를 멈출 순 없었다. 결혼식은 예정대로 이어졌다. 소란죄로 감옥에 갇힌 메데이아는 이아손을 증오하며 어떻게 하면 이 원수를 갚을 수 있을까 생각했다. 그때 크레온이 그녀가 갇혀 있는 감옥으로 들어왔다.

"이 잔인한 마녀야, 너는 조국을 배반한 데다 네 동생까지 죽였지. 네가 이제 우리를 해치려 하니 그냥 놔둘 수 없구나. 당장 코린토스를 떠나라. 너에게 추방 명령을 내린다."

크레온은 추방 명령을 내린 뒤 사라졌다. 메데이아는 당황했다. 당장 쫓겨날 지경이 된 그녀에게는 시간이 필요했다. 그때 감옥 문이 열리더니 이아손이 들어왔다.

"메데이아, 어떻게 그렇게 나를 망신 줄 수 있나? 당장 죽여도 시원치 않구나."

다혈질인 이아손이 목을 조르자 메데이아는 애원했다.

"용서해주세요, 이아손. 나는 벌을 받을 만한 행동을 했어요. 나도 모르게 흥분해서 그렇게 되었어요."

메데이아가 갑자기 순한 양이 되어 애걸복걸하자 이아손은 마음이 약해졌다.

"갑자기 왜 태도를 바꾼 거요?"

"크레온 왕에게 추방 명령을 받았어요. 아이들과 함께 이곳을 떠나래요. 나는 이제 거지가 되어서 길바닥을 헤매다 죽을 거예요."

"아니, 아이들까지 내쫓는다고?"

이아손 역시 아버지였다. 자신의 아들딸까지 쫓겨난다니 마음이 아팠다.

"이아손, 우리 아이들이 불쌍하지도 않아요? 아이들만이라도 구해주세요."

"그럼 어떻게 하면 좋겠소?"

"크레온 왕에게 가서 말해주세요. 제가 진심으로 잘못을 뉘우치고 있다고. 저는 떠날 테니 부디 아이들은 용서해달라고. 하루만 시간을 주면 저 스스로 떠나겠어요. 그리고 잘못을 빌기 위해 글라우케에게 사죄의 선물을 보낼게요. 아름다운 순금 왕관과 멋진 가운을 아이들 편에 보내겠어요. 저를 제발 용서해주세요."

이아손은 용서를 비는 메데이아를 보면서 생각했다. 아이들이 계속 부근에 살고, 메데이아도 쫓기듯 떠나지 않는다면 죄책감을 조금은 덜 수 있을 것 같았다.

"알았소. 잘못을 사죄하고 싶다니 내가 가서 이야기해보겠소."

다행히도 메데이아는 감옥에서 풀려나 집으로 돌아갈 수 있었다. 하루 동안 시간이 주어졌다. 글라우케에게 선물을 주고 하루 뒤 코린토스를 떠나기로 한 것이다. 하루는 짧고도 긴 시간이었다. 그녀는 자신이 갖고 있는 가장 좋은 가운과 왕관에 마법을 걸었다. 그리고 그 안에 독약을 발랐다. 다음 날 아침이 되자 메데이아는 두 아들을 불렀다.

"아들아, 너는 크레온 왕에게 가서 이곳 코린토스에서 계속 살게 해달라고 부탁해라. 그리고 이 선물을 글라우케에게 바쳐라."

두 아들은 궁전으로 가서 글라우케에게 선물을 바쳤다. 글라우케는 메데이아가 보낸 선물이라니 왠지 꺼림칙해서 별로 받고 싶지 않았다. 때로는 직감이 자신을 지켜주기도 하는 법이다. 그러나 아이들이 연 상자 속의 가운과 왕관이 황홀할 정도로 예뻤다. 글라우케는 홀린 듯이 손을 뻗었다.

한편, 선물을 전달한 아들들이 돌아와 메데이아에게 말했다.

"어머니, 돌아왔습니다."

"그래, 공주님이 좋아하시더냐?"

"맨 처음엔 안 받겠다고 하시다가 왕관과 가운을 보더니 너무 기뻐하셨어요."

메데이아는 그다음에 벌어질 일들을 가슴 졸이며 기다렸다. 글라우케가 제발 그 가운을 입고 왕관을 쓰기만을 기다렸다.

선물을 본 글라우케는 가슴이 뛰었다. 예쁜 왕관과 가운을 얼른 입어 보고 싶었다. 가운을 입고 이마에 왕관을 얹은 뒤 거울을 본 순간, 그녀는 비명을 질렀다.

"아아악!"

왕관과 가운이 몸에 달라붙어 뜨거운 연기를 내며 불타기 시작했다. 시뻘겋게 달아오른 왕관이 이마를 파고들었다.

"살려주세요, 아버지. 살려주세요. 메데이아의 마법이 나를 죽일 거예요."

크레온이 달려와 왕관과 가운을 몸에서 뜯어내려고 했지만 왕관과 가운은 글라우케의 몸에 더욱더 단단히 달라붙었다. 그러다 불길이 크레온에게까지 옮겨붙었다. 크레온의 손이 가운에 붙어 떨어지지 않았다. 불을 끄려고 달려와서 손을 대는 사람마다 그대로 찰싹 붙어서 불이 옮겨붙었다. 수많은 병사들이 달려와 도우려고 하자 병사들까지 한 덩어리가 되어 타올라 불길은 궁전 이곳저곳으로 퍼져나가기 시작했다. 마법의 불은 삽시간에 온 궁전을 감쌌다. 그러다 결국 모든 것이 불타 폭삭 무너지고 말았다. 살아남은 병사들은 메데이아를 잡으러 뛰어갔다. 병사들이 메데이아의 집 문을 박차고 들어가자 메데이아는 모든 것을 알고 있다는 듯 크게 웃었다.

"하하하하!"

창밖으로 연기를 뿜으며 타오르는 궁전을 보고 있었던 것이다.

"마녀 메데이아. 너를 당장 체포하겠다."

병사들이 다가오자 메데이아는 물었다.

"이아손은 어떻게 되었느냐?"

이아손은 운 좋게도 그때 궁전 밖에 있었다. 사람들을 만나 이야기를 나누다 궁전이 불타는 것을 보고는 그 자리에 주저앉아 어쩔 줄 몰라 하고 있었다. 메데이아의 마법이 궁전을 모조리 태웠다는 것을 알고는 그는 경악했다.

병사들은 말했다.

"네 남편까지 죽이려고 했나 본데 그는 무사하다. 그는 우리의 왕이 될 것이다."

정신을 차린 이아손은 집으로 달려와 문을 박찼다. 메데이아를 그대로 둘 수 없었기 때문이다. 메데이아는 그런 이아손을 보며 힘 빠진 표정으로 서 있었다.

"메데이아, 네가 무슨 짓을 저질렀는지 아느냐? 복수는 충분히 했느냐? 이게 네가 원하는 것이냐?"

메데이아는 웃었다.

"하하, 복수가 끝났다고 생각하느냐?"

미친 듯이 웃는 그녀를 보며 이아손은 불길한 예감이 들었다.

"아이들은 어디 있느냐?"

아이들의 방으로 달려가 문을 여는 순간, 이아손은 그대로 무릎을 꿇고 절규했다.

"아아, 이럴 수가……."

두 아이의 시체가 바닥에 널브러져 있었다. 메데이아가 죽인 거였다.★ 이아손은 절규했다.

"신이시여, 어찌하여 이렇게 가혹한 벌을 내리시는 겁니까? 제가 맹세를 깨고 죄를 지었고 배은망덕한 짓을 저지른 것은 사실이지만 이건 너무도 가혹합니다."

이아손은 충격을 받았다. 그는 미친 여자처럼 웃는 메데이아를 보며 말했다.

"너는 어떻게 이럴 수 있느냐? 너를 다시는 보고 싶지 않다."

그는 병사들과 함께 집을 나섰다. 미친 듯이 웃고 있던 메데이아는 그제야 자기가 죽인 자식들의 시신에 몸을 던지며 흐느꼈다.

"불쌍한 내 아이들아! 으흐흐흑! 너무도 가엾구나."

메데이아는 자기 자식을 죽이는 가장 끔찍한 벌을 받았다. 조국을 버리고 형제를 죽인 자가 받은 마지막 벌이었다. 메데이아는 그 자리에 엎드려 하염없이 울었다. 한참 울다가 마침내 정신을 차린 그녀는 아이들을 깨끗이 씻긴 뒤 장례복으로 갈아입히고 헤라 신전 옆에 묻었다.

그녀는 추방된 몸이었다. 코린토스를 떠나야만 했다. 이제 이 지상에 그녀를 돌봐줄 사람은 아무도 없었다. 오로지 그녀의 할아버지 헬리오스 신만이 그녀가 의지할 수 있는 존재였다. 이 모든 것을 지켜본 헬리오스는 전차를 보내주었다. 메데이아는 남은 두 딸을 데리고 전차를 타고 날아 올라갔다. 그녀는 아테네로 가서 아테네의 왕 아이게우스와 결혼했지만, 그녀의 아들은 후계자가 되지 못했다. 아테네는 테세우스가 맡게 되었다. 테세우스를 괴롭히던 왕비 메데이아에게는 이런 사연이 있었다.

그녀는 자신의 뜻이 이루어지지 않자 비로소 자신의 고향 콜키스로 돌아갔다. 아버지와 화해한 뒤 메데이아가 어떻게 살다가 어떻게 죽었는지에 대해서는 알려진 바가 없다. 그녀의 마법이 너무 강력해서 영원히 살게 되었다는 이야기도 있고, 스스로 목숨을 끊었다는 이야기도 있고, 마녀들의 수호자가 되었다는 이

여기서 잠깐!!

메데이아에게는 아들이 셋 있었다는 이야기도 있어. 맏아들 테살로스는 장성해서 현명한 켄타우로스 케이론에게 지도를 받으며 공부하는 중이었다고 해. 그래서 화를 면할 수 있었던 거지. 그는 나중에 이올코스와 아이올리아 지역을 다스리는 왕이 되었어.

야기도 있다.

한편 이아손은 부모도 잃고, 아내와 자식도 잃었다. 약속된 미래도 자신의 것이 아니었다. 그는 모든 것을 잃은 채 이곳저곳을 떠돌아다녔다. 그는 신과 인간 모두에게 버림받았다. 미친 사람처럼 떠돌던 이아손은 어느 순간 아르고호를 정박시켰던 모래밭에 다다랐다. 과거 위풍당당하던 아르고호는 사라지고 이곳저곳 흠집이 난 낡은 배가 모래밭에 나뒹굴고 있었다. 뱃머리를 장식했던 헤라 여신 성상도 여기저기 깨진 채 간신히 붙어 있었다. 이아손을 알아보거나 보호해주려는 사람은 아무도 없었다. 아르고호를 타고 멋지게 온 세상의 바다를 누비고 다녔는데, 이제 그 모든 것이 잊힌 것이다. 황금 양털이 가져다줄 거라 믿었던 부와 영광도 사라져버렸다. 자신이 무엇을 위해 평생을 바쳐 모험을 했는지 알 수 없었다.

"아, 헛되고 헛되도다."

이아손은 뜨거운 햇볕을 피하려고 다 기울어져가는 아르고호의 뱃머리 아래 그늘에 누웠다. 서늘한 바람이 불어오자 그는 그대로 긴장을 풀었다.

"아, 시원하다."

그때 강한 바람이 불어와 헤라 여신 성상이 이아손의 머리 위로 떨어졌다. 아래 누워 있던 그는 성상에 맞아 그대로 죽고 말았다. 견딜 수 없는 고통을 이겨내고 신들의 저주를 피해왔던 영웅 이아손은 이렇게 허무하게 생을 마감했다. 그를 돕던 헤라 여신이 결국 자신의 영웅을 버린 것이다. 아니, 어쩌면 고통 속의 영웅을 헤라 여신이 구해준 것인지도 모른다.

아르고호의 영웅담은 지금까지도 전해지고 있다. 그들은 과연 무엇을 위해 싸웠을까. 이 모든 과정은 인생의 축소판이라고 할 수 있다. 영광과 상처 뒤에 남은 것은 아르고호 영웅들의 정신뿐이다. 어떤 어려움이 있어도 꺾이지 않는 마음을 가진 그들 같은 영웅들이 있었기에 그리스와 로마 등 에게해 연안의 국가들은 전 세계를 호령하는 국가가 될 수 있었다.

주석으로 쉽게 읽는
고정욱 그리스 로마 신화 ❺

초판 1쇄 인쇄 2024년 12월 27일
초판 1쇄 발행 2025년 1월 17일

지은이 고정욱
펴낸이 이범상
펴낸곳 (주)비전비엔피 · 애플북스

기획 편집 차재호 김승희 김혜경 한윤지 박성아 신은정
디자인 김혜림 이민선
마케팅 이성호 이병준 문세희 이유빈
전자책 김희정 안상희 김낙기
관리 이다정

주소 우) 04034 서울특별시 마포구 잔다리로7길 12 (서교동)
전화 02) 338-2411 | **팩스** 02) 338-2413
홈페이지 www.visionbp.co.kr
인스타그램 www.instagram.com/visionbnp
포스트 post.naver.com/visioncorea
이메일 visioncorea@naver.com
원고투고 editor@visionbp.co.kr

등록번호 제313-2007-000012호

ISBN 979-11-92641-57-7 04840
          979-11-92641-52-2 04840 [SET]

- 값은 뒤표지에 있습니다.
- 잘못된 책은 구입하신 서점에서 바꿔드립니다.